Kuno Fischer

Baruch Spinoza's Leben und Charakter

Ein Vortrag

Kuno Fischer

Baruch Spinoza's Leben und Charakter
Ein Vortrag

ISBN/EAN: 9783743620476

Hergestellt in Europa, USA, Kanada, Australien, Japan

Cover: Foto ©Raphael Reischuk / pixelio.de

Manufactured and distributed by brebook publishing software
(www.brebook.com)

Kuno Fischer

Baruch Spinoza's Leben und Charakter

Baruch Spinoza's

Leben und Charakter.

Ein Vortrag

von

Kuno Fischer.

Mannheim,
Verlagsbuchhandlung von Friedrich Bassermann.
1865.

Druck
von Friedrich Frommann
in Jena.

Inhaltsverzeichniß.

Der Gegenstand dieses Vortrags gehört nicht in die Reihe derer, die nur genannt zu werden brauchen, um unter den Interessen, die in der gebildeten Welt einheimisch und geläufig sind, sogleich eine für sie vorbereitete und empfängliche Stelle zu finden; und in der wenigen Zeit, die mir frei steht, werde ich nicht im Stande sein, gerade die Seite des Gegenstandes zu beleuchten, welche die wahre Theilnahme an demselben erst erweckt.

Es ist ein tief verborgenes, einsames, keinem anderen Zweck als dem der reinen Erkenntniß ganz gewidmetes Menschenleben, das ich Ihnen schildern will, so weit es aufgeschlossen und erkennbar ist für die äußere Betrachtung. Aber wie wenig erreicht die äußere Betrachtung den Kern eines solchen Lebens! Wie arm scheinbar und einförmig muß die Außenseite eines Lebens sein, welches ganz nach Innen gekehrt ist! Es entbehrt die geräuschvollen Schicksale und die Fülle reicher, mannigfaltiger, imposanter Erlebnisse, die unsere Einbildungskraft anziehen und dem Darstellenden allemal die dankbarste Aufgabe gewähren. Das Stillleben eines Denkers will von Innen heraus betrachtet sein, und was in dieser Betrachtung den Menschenkenner nicht aufhört zu beschäftigen und zu belehren, ist der Einklang der Gedanken- und Lebensrichtung, ist die Wechselwirkung zwischen Er-

1

kenntniß und Leben, die sich gegenseitig reguliren und in ihrer Einheit einen jener seltenen Charaktere erzeugen, die ganz in sich ruhen, die vollkommen aus einem Guß sind und genau so leben und handeln wie sie denken.

Wenn ich nun einen der seltensten Menschen dieser Art in seinem Leben und Charakter darstellen will, ohne die Gedanken= welt seines Innern hier erleuchten zu können, so fühle ich wohl, wie sehr ich mich gerade mit dieser Aufgabe in einer ungünstigen Lage befinde.

I.
Spinoza's geschichtliche Bedeutung.

Ich will daher versuchen, ob ich mit wenigen Zügen die Gedankenrichtung bezeichnen kann, die in dem Charakter, den ich schildern möchte, ganz eines war mit der persönlichen Lebens= richtung.

Es lag in der Aufgabe der neuen Zeit, die sich von dem Mittelalter losreißen wollte, daß sie mit der Religion auch die Erkenntniß und Wissenschaft von Grund aus erneuerte, jede von beiden aus der ihr eigenthümlichen Quelle: die Religion aus der Schrift, die Wissenschaft aus der natürlichen Vernunft. Einer der größten Denker der Welt, der in dem Gebiete der Philosophie die Reformation unternahm, René Descartes, hatte das kühne Wort ausgesprochen: die Sache müsse wieder einmal ganz von vorn angefangen werden; es dürfe nichts für wahr gelten, als was man klar·und deutlich erkannt habe; nur das klar und deutlich Erkannte sei wahr. Nun sind die klärsten und deutlich= sten Einsichten, die wir haben, die mathematischen in ihrer zwei= fellosen Gewißheit, in ihrer strengen und folgerichtigen Ord= nung. So klar, so gewiß, so folgerichtig sollen alle unsere Er-

kenntnisse sein. Wenn sie es weniger sind, so haben sie nicht
den Grad der Klarheit und Deutlichkeit, der den Zweifel gänz=
lich ausschließt und allein das Recht hat, Wahrheit zu heißen.
Was du nicht so klar gedacht und begriffen hast, als den Satz,
daß in einem Dreieck die Summe der Winkel gleich ist zwei rech=
ten, das hast du überhaupt nicht begriffen!

Es liegt daher in dem Geist und in der Richtung der neuern
Philosophie, die von Descartes herkömmt, daß sie sich diese
Aufgabe stellt: die gesammte Erkenntniß nach dem Gesetz ma=
thematischer Nothwendigkeit zu reguliren, den ganzen Inhalt der
Welt in eine Kette mathematischer Schlußfolgerungen zu bringen,
in der jedes Glied aus dem früheren folgt so einleuchtend wie
ein geometrischer Satz. Die Philosophie soll, wie es hieß,
more geometrico beweisen. In ihrer geschichtlichen Entwicklung
ist hier der wichtige und bedeutsame Punkt, wo diese Aufgabe
an sie herantritt, wo die Lösung dieser Aufgabe ihr nächstes
und unvermeidliches Problem bildet, wo der Versuch der Lösung
in ihrem ganzen Umfange gemacht werden muß, sollte es auch
nur sein, um deutlich und klar einzusehen, wie viel von dem
Inhalte der Welt sich mathematisch nicht beweisen läßt. Solche
negative Einsichten sind ebenso wichtig und oft bei weitem frucht=
barer als die positiven.

Wir können unabhängig von den Systemen der Philosophie
aus der Erfahrung des eigenen Verstandes diese Aufgabe un=
mittelbar erkennen. Wem ist nicht einmal in seinem Leben, so=
bald der Verstand anfängt sich zu fühlen und sich in kühnem
Selbstvertrauen erhebt, die Forderung gekommen: ich will Alles
so klar bewiesen haben, wie den Satz zwei mal zwei gleich vier;
was mir weniger klar ist, gilt mir als unbewiesen und im Sinne
der Wissenschaft als nichtig! Diese Forderung wird man noch oft
hören. In der Philosophie hat sie ihre Erfüllung und ihr Zeit=

alter gehabt. Nur ein einziges mal in der Welt ist sie wirklich, ernsthaft, in ihrer Weise vollkommen erfüllt worden: durch Baruch Spinoza.

Um sie zu stellen diese Forderung, dazu gehört kaum mehr als das Selbstvertrauen des emporstrebenden, zuversichtlich gewordenen Verstandes, der zum erstenmal seine Macht fühlt. Um sie ernstlich und systematisch durchzuführen, dazu gehört eine unbeugsame Geistes- und Willensstärke, die den Gleichmuth hat, den Widerspruch der ganzen Welt auszuhalten. In dieser Rücksicht ist Spinoza's Philosophie und Charakter eine beispiellose und einzige Erscheinung. Nicht bloß die Größen, auch die Dinge, nicht bloß die Körperwelt, auch das geistige Menschenleben erklärt er nach mathematischer Methode. Er giebt eine geometrische Theologie, eine geometrische Sittenlehre und verneint Alles, was sich diesem Maßstabe nicht fügt*).

Und es giebt einen Begriff, der in das mathematische Denken nicht eingeht, der in diese Denkweise nicht paßt. Es hat keinen Sinn, wenn man fragen wollte: wozu sind die Winkel eines Dreiecks zusammen gleich zwei rechten? wozu sind die Radien des Kreises einander gleich? wozu ist zwei mal zwei gleich vier? Man kann hier nur fragen, warum es sich so verhält? Die mathematischen Wahrheiten haben nur Gründe, aber keine Zwecke.

Wenn nun alle Wahrheiten dem Gesetz mathematischer Nothwendigkeit folgen, so giebt es überhaupt keine Zwecke, so ist der Zweck ein Unding in der Welt, ein Ungedanke in meinem Kopfe, eine unklare und verworrene Vorstellung, nichts als eine wesenlose Imagination, so giebt es weder natürliche noch moralische noch göttliche Zwecke, so müssen die Grundlagen für nichtig erklärt werden, auf denen die Philosophie des classischen

---

*) Meine Gesch. d. neuern Philos. Bd. III Buch I Cap. I S. 7.

Alterthums, die christliche Theologie, die gesammte herrschende Weltanschauung beruht. Nehmen wir dazu, daß die ersten Philosophen der neuen Zeit, die Spinoza vorausgehen, wie Bacon und Descartes, die Geltung der Zwecke nicht vollkommen verneint haben, so sehr sie dieselbe schon von der physikalischen Erklärung der Dinge ausschließen; daß die folgenden Philosophen, wie Leibnitz und Kant, diese Geltung wieder von Grund aus aufrichten, so ist Spinoza's Weltstellung in der That einzig, vollkommen ausschließend und vollkommen ausgeschlossen, entgegengesetzt den entscheidenden Denkern sowohl der frühern als der folgenden Zeit.

Er steht einsam da, wie kein Anderer; einsam in seinem Denken, eben so einsam und verlassen in seinem Leben: in der That ein vollkommner Zeuge der Wahrheit, wie sie seinem Geiste einleuchtete, wie sie auf diesem Punkte in der Entwicklung der Philosophie gedacht sein wollte. Soll ich es einen Zufall nennen, daß hier, wo die Philosophie ein System brauchte und forderte, welches sie in den äußersten Gegensatz bringen mußte mit der Vorstellungsweise der Welt, ein verstoßener Jude es war, dem sie sich und ihre Sache anvertraute?

II.
Die sittliche Grundrichtung.

„Ich betrachte die menschlichen Handlungen ganz so, als ob es sich um Linien, Flächen, Körper handelte." Dieser Ausspruch charakterisirt den Mann und seine Denkweise. „Ich habe mich gewöhnt, die menschlichen Leidenschaften, wie Liebe, Haß, Zorn, Neid, Ehrgeiz, Mitleid und alle die andern Gemüthsbewegungen nicht als Fehler der menschlichen Natur, sondern als deren Eigenschaften zu betrachten, die zum Wesen derselben ganz; ebenso gehören, als zur Natur der Luft Hitze, Kälte, Sturm, Donner und andere ähnliche Erscheinungen, die wohl unbequem, aber nothwendig sind und bestimmte Ursachen haben."

In dieser Betrachtungsweise gelten die Dinge nur als das was sie sind, was sie allein sein können; sie sind weder besser noch schlechter. Sie haben keine Zwecke; darum können sie auch keine Zwecke verfehlen. Verfehlte Zwecke sind kläglich oder lächerlich, je nachdem wir sie nehmen. In der Betrachtungsweise Spinozas giebt es nichts, das anders sein könnte oder sollte als es in Wahrheit ist, also nichts, worüber man im Ernste lachen oder weinen könnte. Daher jenes mächtige Wort, das ihm Viele nachgesprochen, aber keiner wie er erfüllt hat: „man muß die Dinge weder beklagen noch belachen, sondern begreifen."

Die Menschen nennen die Dinge gut oder böse, wie sie das Wetter und die Jahreszeit gut oder böse nennen, je nachdem sie ihnen günstig oder ungünstig sind. Sie urtheilen über die Dinge, wie in der Fabel der Bauer über die Eichel: „schade um die Eichel, daß sie kein Kürbiß ist!" Und wenn die Eichel herabfällt, dann heißt es: „Gott sei Dank, daß sie kein Kürbiß war!" Das ist der landläufige Unverstand, der die Dinge beurtheilt nach seinen Wünschen, nach seinen Begierden, also im Grunde selbstsüchtig, und darum in seinen sogenannten Urtheilen, worin er sich wunder wie kritisch erscheint, auch nicht höher kommt als bis zu der tiefen Einsicht, daß die Eichel kein Kürbiß ist. So urtheilt in allen Dingen der Unverstand d. h. so urtheilen die Leute!

Spinoza's ganze Lebensaufgabe ist auf diesen einen Punkt gerichtet: sich von der Selbsttäuschung und ihren Blendungen zu befreien. Diese Aufgabe war zugleich sein tiefstes, persönliches Bedürfniß. Er hatte begriffen, daß die Wurzel der Selbsttäu=

schung die Selbstsucht ist, das Geschlecht unserer Begierden,
Wünsche und Leidenschaften. So lange diese unser Gemüth ge-
fangen nehmen und verdunkeln, ist es vollkommen unfähig, die
Wahrheit zu erkennen. Nennen wir das Gegentheil der Selbst-
sucht Liebe, so war in dem Leben und Charakter Spinoza's
das beherrschende und erleuchtende Motiv einzig die Liebe zur
Wahrheit. Sein ganzes Leben war eine Entsagung um dieser
Liebe willen.

Gleich im Anfange seiner ersten Schrift haben wir den ganzen Menschen, die Grundrichtung seines Lebens und seiner Philosophie. Descartes beginnt mit dem Bekenntniß: ich habe Vieles für wahr gehalten, von dem ich jetzt einsehe, daß es falsch
ist; ich habe keinen Grund, irgend etwas für sicherer zu halten.
Möglicherweise ist Alles falsch, was ich vorstelle und glaube.
Was also ist wahr? Was ist gewiß? Spinoza beginnt mit dem
Bekenntniß: ich habe Vieles für gut gehalten, von dem ich jetzt
einsehe, daß es eitel und werthlos ist. Ich habe keinen Grund,
von den sogenannten Gütern des Lebens eines für besser zu halten.
Möglicherweise sind sie sämmtlich bloß Scheingüter; möglicherweise ist Alles eitel und werthlos, was die Menschen zu begeh-
ren und zu wünschen gewohnt sind. Was also ist gut? Was ist
das wahrhaft Gute, das ächte und unvergängliche? Jedes Gut,
das ich besitze, erzeugt in mir eine glückliche Empfindung, ist die
Ursache meiner Befriedigung und Freude. Wenn es nun ein vollkommen ächtes und unverlierbares Gut giebt, wenn es möglich
ist, ein solches Gut zu erwerben und zu besitzen, so ist die Befriedigung, die ich davontrage, ebenso dauernd und unzerstörbar,
so ist meine Freude ewig. Dieses Gut kann nicht auf dem Wege
gefunden werden, in welchem die gewöhnlichen und vergänglichen Güter des Lebens gesucht und erreicht werden. Es ist
nicht möglich, jenes Gut und diese zugleich zu erstreben. Die

Wege sind verschieden. Eines von beiden muß man entbehren: entweder das ewige Gut oder die vergänglichen, entweder das Gut oder die Güter. Welchen der beiden Wege man auch ergreift, so muß man einem von beiden entsagen, man muß sich zu dieser Entsagung entschließen, nachdem man sich dieselbe in ihrer ganzen Bedeutung klar gemacht hat. Es handelt sich also im Sinne Spinoza's nicht bloß um die Lösung einer Aufgabe, sondern um die Wahl einer Lebensrichtung.

Der Entschluß ist zu fassen mit aller Ruhe und Klarheit. Er ist nicht leicht und die Abwägung des ewigen Guts gegen die vergänglichen so einfach und sicher nicht, als es wohl scheinen möchte. Wenn man des ewigen Guts sicher wäre, wenn es vor uns läge, gleichsam mit Händen zu greifen, dann wäre die Wahl nicht schwer zu treffen! Wer würde die dauernde Freude nicht der vergänglichen vorziehen? Aber zunächst ist jenes ewige Gut eine bloße Annahme, eine sehr problematische. Es heißt: wenn ein solches Gut existirt! wenn es sich erwerben und besitzen läßt! Ob dieses Gut in Wahrheit existirt und für uns existirt, ist ungewiß. Es liegt zunächst im Dunkel. Dagegen die Güter des Lebens liegen vor uns in deutlicher und lockender Nähe. Sind sie auch vergänglich, so sind sie doch gewiß, so sind oder scheinen sie wenigstens bei weitem gewisser, als jenes ewige Gut, von dem wir nicht wissen, was und wo es ist. Sollen wir also den Weg nach den sicheren, erreichbaren, lockenden Zielen verlassen, um jenen anderen zu ergreifen nach dem ungewissen und vielleicht unmöglichen Ziele? Sollen wir die gewissen Güter aufgeben gegen das ungewisse?

Welches sind die, wie es heißt, gewissen Güter? Sie lassen sich sämmtlich auf diese drei zurückführen: Sinnengenuß, Reichthum, Ehre. In Wahrheit, diese Güter des Lebens, die als die sichersten begehrt werden, verwandeln sich, wenn man ihnen auf den Grund sieht, in lauter Verluste. Sie sind nichts als Scheingüter, Phantome, welche die Verwesung in sich tragen. Was wir in der That durch sie gewinnen, ist Wahn und Betäubung, Unlust und Unfreiheit, Mangel und Täuschung.

Also, die Sache richtig erwogen, haben wir zu wählen zwischen einem ungewissen Gut und einem Heere sicherer und unzweifelhafter Uebel. Kann jetzt die Wahl noch zweifelhaft sein? Die Wahl, bei welcher auf der einen Seite der sichere Tod, auf der anderen die mögliche Heilung ist? Dort die Aussicht in die Verwesung, hier die Aussicht ins Leben! Hier offenbar ist unsre einzige Hoffnung, unsre einzige mögliche Rettung. „Denn ich sah," sagt Spinoza, „daß ich in der größten Gefahr schwebte und mit aller Kraft ein Mittel, wenn auch ein ungewisses, suchen müßte; so wie ein tödtlich Erkrankter, der den sichern Tod vor sich sieht, wenn nicht etwas noch hilft, dieses Mittel selbst, es sei auch noch so unsicher, mit aller Kraft ergreift, denn in ihm liegt seine ganze Hoffnung. Jene Güter insgesammt, denen der Haufe nachjagt, helfen nicht bloß nichts zur Erhaltung unseres Daseins, sondern sie hemmen es sogar; sie sind häufig Schuld an dem Untergang derer, die sie besitzen, und sie sind allemal Schuld an dem Untergang derer, die von ihnen besessen werden."

Diese Einsicht ist es, die den Entschluß zur Reise bringt, die Güter des Lebens fallen zu lassen und nach dem unvergänglichen Gut zu streben. So beginnt Spinoza's erste Schrift mit diesem Bekenntniß: „nachdem mich die Erfahrung gelehrt hat, daß Alles, was den gewöhnlichen Lebensinhalt ausmacht, eitel und schlecht ist, und da ich sah, daß alle Ursachen und Objecte meiner Furcht an sich weder gut noch böse und beides nur wären je nachdem sie das Gemüth bewegen, so entschloß ich mich endlich, zu untersuchen, ob es ein wahrhaftes und erreichbares Gut gäbe, von dem das Gemüth ganz und gar mit Ausschluß alles

Anderen ergriffen werden könnte, ja ob sich etwas finden ließe, dessen Besitz mir den Genuß einer dauernden und höchsten Freude auf ewig gewährte."

Woher kommen denn jene Begierden, die uns betrüben und verstimmen, wie Trauer, Furcht, Haß, Neid u. s. f.? Sie entspringen alle aus derselben Quelle: aus unsrer Liebe zu den vergänglichen Dingen. Mit dieser Liebe verschwindet das ganze Geschlecht jener Begierden. „Wenn diese Dinge nicht mehr geliebt werden, so wird kein Streit mehr entstehen, keine Trauer, wenn sie zu Grunde gehen, kein Neid, wenn sie ein Andrer besitzt, keine Furcht, kein Haß, mit einem Wort keine Gemüthsbewegungen dieser Art, die alle zusammentreffen in der Liebe zu den vergänglichen Dingen." Jenes Gut also, dessen Liebe die Seele ganz erfüllen soll mit Ausschluß alles Uebrigen, kann nichts anderes sein, als ein ewiges und unendliches Wesen. „Die Liebe zu einem ewigen und unendlichen Wesen", sagt Spinoza, „erfüllt das Gemüth mit einer Freude, die jede Art der Trauer von sich ausschließt. Ein solcher Zustand ist aufs innigste zu wünschen und mit ganzer Seele zu erstreben *)." Es ist die Liebe zur Wahrheit, die das menschliche Herz ergreift und von den Begierden läutert.

III.
Das sittliche Vorbild.

Hier ist Spinoza ein sittliches Vorbild geworden, das zwar sein eignes Zeitalter nicht erkannte, weil es vor der Lehre des

---

*) Diese erste Schrift Spinozas, aus deren Anfang die obigen Stellen geschöpft sind, ist der leider fragmentarisch gebliebene tractatus de intellectus emendatione.

Mannes wie vor einem Medusenhaupte zurückwich; aber die Nachwelt und namentlich die deutsche wurde in einer Reihe ihrer edelsten Geister von diesem Vorbilde durchdrungen und gerührt.

Lessing, der überall, wo es Rettungen galt, bei der Hand war, wies auf Spinoza hin, wie er auf Shakespeare hingewiesen hatte. Redet man doch noch heute von Spinoza wie von einem todten Hunde, sagte er in jener berühmten und folgereichen Unterredung mit Jacobi. Er fühlte sich ihm in seinem Wahrheitssinn so verwandt, daß er dessen Sache für die seinige ausgab und sich als einen Geistesgenossen Spinoza's bekannte, so daß die Vermuthung entstehen konnte, er sei Spinozist gewesen.

In einem gewissen Sinn war es Göthe wirklich. Seine Leidenschaften loswerden in der liebevollen und rein gestimmten Betrachtung der Welt, war diesem Dichter Bedürfniß und Wohlthat. Diese Hingebung an die Wahrheit der Dinge, diese begierdelose und klare Gemüthsstimmung empfand er als Erhöhung des Lebens, als Erneuerung und Weihe der Kraft. Sagt er doch selbst, daß er die heiße Stirn gekühlt habe in der Friedensluft, mit der ihn stets von neuem der Spinozismus anwehe. Es ist die Wahrheit, der seine Zueignung und das Bekenntniß gilt:

> Lang' hab' ich dich gefühlt;
> Du gabst mir Ruh, wenn durch die jungen Glieder
> Die Leidenschaft sich rastlos durchgewühlt;
> Du hast mir wie mit himmlischem Gefieder
> Am heißen Tag die Stirne sanft gekühlt;
> Du schenktest mir der Erde beste Gaben,
> Und alles Glück will ich durch dich nur haben!

Diese leidenschaftslose, von dem Druck der Begierden erlöste Geistesstimmung, in der sich das Gemüth der reinen Be-

trachtung der Dinge, der Erkenntniß des Ewigen wie von selbst
zuwendet, hat Göthe in seinem Faust ächt spinozistisch mit den
Worten ausgedrückt:

> Entschlafen sind nun wilde Triebe
> Mit ihrem ungestümen Thun;
> Es reget sich die Menschenliebe,
> Die Liebe Gottes regt sich nun!

Die Grundstimmung der Lehre Spinoza's ist religiös. Denn
sie theilt mit der Religion diese beiden ächten Züge: Erlösung
von der Selbstsucht, Hingebung an das Ewige! Und so erklärt
sich, wie Schleiermacher, der in seinen Reden über Religion
das große Thema behandelte, daß nicht die Vorstellungen und
nicht die Sätze, sondern einzig und allein die Seele religiös
ist, in dieser Betrachtung überwältigt wurde von dem Andenken
Spinoza's und ausrufen konnte: „wenn die Philosophen werden
religiös sein und Gott suchen, wie Spinoza, und die Künstler
werden fromm sein und Christus lieben, wie Novalis, dann
wird die große Auferstehung gefeiert werden für beide Welten!"
„Opfert mir ehrerbietig eine Locke den Manen des heiligen, verstoßenen Spinoza! Ihn durchdrang der hohe Weltgeist, das Un-
endliche war sein Anfang und Ende, das Universum seine einzige
und ewige Liebe, und darum steht er auch da allein und uner-
reicht, Meister in seiner Kunst, aber erhaben über die profane
Zunft, ohne Jünger und ohne Bürgerrecht."

Und Friedrich Heinrich Jacobi, der das Verständniß Spinoza's wieder erweckte, der selbst in der Philosophie sein äußerster
Gegner war, der es war auf Grund der Religion, erkennt doch
in dem innersten Motiv der Lehre Spinoza's den religiösen
Lebenskern: „Sei du mir gesegnet, großer, ja heiliger Benedictus!
wie du auch über die Natur des höchsten Wesens philosophiren

und in Worten dich verirren mochteſt, ſeine Wahrheit war in
deiner Seele und ſeine Liebe war dein Leben!

So entwerfe ich hier das Bild dieſes Lebens in ſeinen einfachen und ergreifenden Zügen.

IV.
Die biographiſchen Quellen.
(Bayle, Kortholt, Colerus, Lucas, Boullainvilliers).

Bei der tiefen Verborgenheit, in welcher Spinoza lebte, war
ſein ganzes Daſein dem Blicke von Außen zu verſchloſſen, um
einen Kenner zu finden, der im Stande geweſen wäre, ein treues
und vollkommenes Abbild deſſelben der Nachwelt zu überliefern.
Dazu kam, daß die ſchickſalsvollen Erlebniſſe ſeiner Jugend in
ihren Einzelnheiten mit einem Dunkel umgeben waren, welches
die Biographen nicht aufhellen konnten. So wurde das Leben
Spinozas nur nach ſeinen äußeren Umriſſen beſchrieben und aus
Nachrichten, die aus ſpärlichen und verſchiedenartigen Quellen
geſchöpft waren, lückenhaft zuſammengeſtellt. Die Glaubwür-
digkeit dieſer Nachrichten iſt in mehr als einem Punkte bedenklich.
Der religiöſe Parteieifer hat ſich in einzelne Berichte über das
Leben des Philoſophen gemiſcht, und die polemiſchen und apolo-
getiſchen Intereſſen, welche die Lehre Spinoza's erregte, haben
von beiden Seiten dazu beigetragen, auch die einfachen Thatſa-
chen ſeines Lebens zu entſtellen und zu verdunkeln.

Die erſte unbedeutende Lebensſkizze gab Pierre Bayle in
ſeinem Wörterbuch, das ſich mit dem Artikel Spinoza den Titel
„kritiſch-hiſtoriſch", den es führte, nicht verdient hat. Dieſe
Skizze wurde im Jahre 1698 von F. Halma ins Niederländi-
ſche überſetzt.

Zwei Jahr ſpäter erſchien von dem Profeſſor der reformir-

ten Theologie Christian Kortholt eine Schrift „über die drei gro-
ßen Betrüger"*). Bekanntlich war im Mittelalter ein Buch dieses Titels, das als Gipfel der Ketzerei galt, gegen die Urheber
der drei monotheistischen Religionen Moses, Christus, Moham-
med geschrieben worden. Kortholt schrieb das seinige gegen die
drei naturalistischen Philosophen Herbert, Hobbes, Spinoza.
Den Geist dieses Buchs zu bezeichnen, genügt ein Satz, der zugleich darthut, wie witzig Kortholt sein konnte. Er ist darüber
erbost, daß Spinoza den Namen Benedictus angenommen hat
(die lateinische Uebersetzung des hebräischen Namens Baruch).
„Man hätte ihn vielmehr Maledictus (den Verfluchten) nennen
sollen, denn die nach dem göttlichen Fluch im ersten Buch Mosis
dornige Erde (spinosa terra) hat nie einen verfluchteren Menschen getragen als diesen Spinoza, dessen Werke mit so viel Dor-
nen (spinis) besäet sind. Der Mann war zuerst Jude, aber später von der Synagoge ausgestoßen (ἀποσυνάγωγος) ist er zuletzt
ich weiß nicht durch welche Ränke und Kniffe unter die Christen
gekommen, zu deren Namen er sich bekannt hat." Die Wahrheit
ist, daß Spinoza das Judenthum verlassen hat, ohne zum Christenthum jemals weder öffentlich noch im Geheimen überzutreten.

Zu diesem Buch hat Sebastian Kortholt, der Sohn des
Verfassers, eine Vorrede geschrieben, die einige Nachrichten vom
Leben Spinoza's enthält, welche der Autor selbst im Haag aus
dem Munde glaubwürdiger und unterrichteter Personen gesam-
melt haben will. Er nennt Spinoza schlechtweg den Atheisten.
Daß dieser bisweilen Privatunterricht ertheilt habe, ohne jemals
Geld dafür zu nehmen, erzählt Kortholt, indem er begründend
hinzufügt: „denn die Bosheit war umsonst bei ihm zu haben."

Der bedeutendste und in seiner Art würdigste Biograph

*) De tribus impostoribus magnis. Hamburgi 1700.

Spinoza's ist Johannes Colerus, Prediger der lutherischen Kirche im Haag. Er ist in der Erforschung der äußeren Lebensverhältnisse des Philosophen sorgfältig zu Werke gegangen und hat wahrheitsgetreu berichtet bis auf die kleinsten und unscheinbarsten Umstände so viel er von dem Leben Spinoza's erfahren konnte. Seine Darstellung ist zum größten Theil aus mündlichen Quellen geschöpft, und es wurde ihm leicht, auf diesem unmittelbaren Wege Nachrichten über Spinoza einzuziehen, weil er im Haag das Haus der Wittwe van Velden bewohnte, wo Spinoza früher gelebt, und außerdem in persönlichem Verkehr mit dem Maler van der Spyck stand, in dessen Hause der Philosoph den letzten Theil seines Lebens zugebracht hat. Colerus entsetzt sich oft vor den Lehren Spinoza's, aber er ist zugleich von der Sittenreinheit, der bescheidenen Uneigennützigkeit, der einfachen Größe dieses Charakters so sichtbar ergriffen, daß man meinen könnte, eine befreundete Hand habe diese Züge aufgezeichnet. Er gab zuerst das Leben Spinozas in niederländischer Sprache heraus zugleich mit einer Predigt über die nicht mit Spinoza allegorisch zu erklärende Auferstehung Jesu. Noch in demselben Jahr erschien die Biographie in französischer Sprache*). Colerus ist in seinem Eifer gegen die Person des Philosophen, dessen Lehre er verwirft, nie boshaft, aber bei aller menschlichen Theilnahme, die er für ihn empfindet, duldet er nicht, daß Spinoza nach seinem Tode „selig" genannt werde. Die Gelegenheit, bei welcher Colerus gegen diesen Ausdruck Protest einlegt, fällt ins Komische. „Beiläufig will ich bemerken," so erzählt er, „daß nach dem Tode Spinoza's sein Barbier eine Rechnung brachte, in der es hieß:

*) La vie de B. de Spinosa, tirée des écrits de ce fameux philosophe et de témoignage de plusieurs personnes dignes de foi, qui l'ont connu particulièrement, par Jean Colerus, ministre de l'église luthérienne de la Haye. à la Haye 1700.

„„Herr Spinoza seligen Andenkens schuldet dem Chirurgen Abraham Kervel für deſſen Dienſte während des letzten Vierteljahrs einen Gulden und achtzehn Sous.““ Der Todtenbitter und zwei Schneider machten in ihren Rechnungen dem Verſtorbenen ein ähnliches Compliment. Wenn die guten Leute gewußt hätten, was dieſer Spinoza für religiöſe Grundſätze gehabt hat, ſo würden ſie mit dem Ausdruck „ſelig“ wohl nicht ſo leichtſinnig geweſen ſein. Oder haben ſie ihn bloß gebraucht, weil es die gewöhnliche Sitte ſo mit ſich bringt, die bisweilen den Mißbrauch ſolcher Worte ſelbſt für ſolche Perſonen duldet, die in Verzweiflung und Unbußfertigkeit geſtorben ſind?“ Und doch berichtet derſelbe Colerus kurz vorher, daß alle Sagen über ein verzweifeltes Lebensende Spinoza's lauter Lügen ſeien, daß ſein Tod wie ſein Leben ruhig und ſanft war.

Dieſe Lebensbeſchreibung erſchien ſpäter in deutſcher Sprache. Der Ueberſetzer hat ſeinem Fanatismus auf eigenthümliche Weiſe Luft gemacht. Da er das reine Charaktergemälde des Colerus nicht beflecken konnte, ſo hat er ſeiner Schrift das Bild Spinoza's vorgeſetzt, zu einer Fratze entſtellt, mit der Unterſchrift „characterem in vultu gerens“. Er trägt das Zeichen der Verwerfung auf der Stirn *)!

Eine zweite apologetiſche Schrift führt den Titel: „Leben und Geiſt Spinozas“. Der biographiſche Theil behandelt Spinoza wie eine Art Heiligen, der didaktiſche iſt eine werthloſe Compilation. Als Verfaſſer wird der ſeiner Zeit berüchtigte Arzt Lucas im Haag bezeichnet. Die Schrift iſt nur in wenigen Exemplaren gedruckt und ſehr bald ſelten und theuer geworden. Man hat ſie ſpäter handſchriftlich verbreitet und den erſten Theil

---

*) Das Leben des B. von Spinoza aus den Schriften dieſes berufenen Weltweiſen u. ſ. ſ. 1733.

derſelben wieder beſonders herausgegeben unter dem Titel: „Das Leben Spinozas von einem ſeiner Schüler"*).

Beide biographiſche Quellen haben ſich in einem dritten Werke unkritiſch gemiſcht, welches Fenelon, Lami und Boullainvilliers herausgaben**).

---

*) La vie et l'esprit de Mr. Benoît de Spinosa. 1719. La vie de Spinosa par un de ses disciples; nouvelle édition non tronquée, augmentée de quelques notes et du catalogue de ses écrits par un autre de ses disciples. Hambourg 1735. Dieſer zweite Schüler iſt Richer la Selve, ein Spinozaenthuſiaſt ohne Einſicht.

**) Réfutation des erreurs de Benoit de Spinosa par Mr. de Fénélon, archevèque de Cambray, par le P. Lami Benedictin, et par le comte Boullainvilliers, avec la vie de Spinosa écrite par M. J. Colerus, augmentée de beaucoup de particularités, tirées d'une vie manuscrite faite par un de ses amis. Bruxelles 1731.

Dazu kommen in neuſter Zeit die beiden Schriften, die v a n B l o t e n veröffentlicht hat:

Baruch d'Espinoza, zijn Leven en Schriften. Amst. 1862.

Ad B. de Spinoza opera, quae supersunt omnia, supplementum. Amst. 1862.

V.

Die portugiesischen Juden in Amsterdam.

Der siegreiche Kampf der Niederlande gegen die spanische Herrschaft hatte in dem befreiten Lande einen Schauplatz bürgerlicher und religiöser Freiheit eröffnet, der den Bedürfnissen nach ungehinderter Entwicklung in Glaube und Wissenschaft eine sichere und günstige Zuflucht darbot. Descartes hatte in dem Frankreich befreundeten Holland seine ersten Kriegsdienste genommen und später hier die heimliche Muße gefunden, aus der die Werke seiner neuen Lehre hervorgingen.

Von überall her sammelten sich in dieser Freistätte die anderswo unterdrückten und namentlich um des Glaubens willen verfolgten Geister. Dieser Zug war es, der schon im Anfang des siebzehnten Jahrhunderts die in Spanien von der Inquisition bedrohten Juden in Masse nach den Niederlanden führte, wo sie als „portugiesische Juden", wie sie genannt wurden, eine neue gesicherte Gemeinde gründeten, deren Mittelpunkt die Synagoge von Amsterdam war. Aus einer Bemerkung, die Spinoza selbst gelegentlich in seinem theologisch=politischen Tractat macht, läßt sich erklären, warum diese Juden vorzugsweise die portugiesischen hießen. Die Juden der pyrenäischen Halbinsel, so lautet die Bemerkung, wurden gezwungen entweder katholisch zu werden oder auszuwandern; die Convertiten erhielten in Spa-

nien volle bürgerliche Rechte und vermischten sich mit der spani-
schen Nation; dagegen in Portugal blieben sie ausgeschlossen
von der Theilnahme am Staat und abgesondert für sich, daher
bewahrten sie hier ungemischt ihre Volkseigenthümlichkeit *).

In kurzer Zeit erhob sich die Schule in Amsterdam zu einem solchen Ansehen, daß sie als ein Hauptsitz des europäischen
Judenthums gelten konnte. Es schien als ob die große Zeit des
jüdischen Mittelalters, die sich während des zwölften und drei-
zehnten Jahrhunderts in Spanien entfaltet hatte, jetzt noch eine
Nachblüthe in den Niederlanden hervorbringen sollte. Um die
Mitte des siebzehnten Jahrhunderts steht die neu gegründete Gemeinde in voller Macht und Bedeutung.

Das Asyl der Verfolgten erscheint leicht als ein Asyl überhaupt der freieren Geistesbewegung. Unter dem Schutz der nieder-
ländischen Freiheit, unabhängig und sicher gestellt gegen die kirch-
lich-politischen Mächte des Christenthums, selbst eine Hochschule
jüdisch-orientalischer Weisheit und Gelehrsamkeit, übt die Synagoge von Amsterdam eine Anziehungskraft auch auf Solche
aus, die mit dem Christenthum innerlich zerfallen und von kirchlichen Verfolgungen bedroht sind. Spanische Christen verlassen
ihr Vaterland, um in Amsterdam zum Judenthum überzutreten.
Einer derselben, Uriel Akosta, ist durch sein Schicksal eine tra-
gische Person, durch seine Kämpfe innerhalb der Synagoge
und die Verfolgungen von Seiten des jüdischen Glaubensfana-
tismus gewissermaßen ein Vorgänger Spinoza's geworden. Als
er in Verzweiflung über den Haß seiner Glaubensgenossen ein
freiwilliges Ende nahm, war Spinoza ein fünfzehnjähriger Knabe
und unter den jüngeren Talmudisten Amsterdams der erste.

---

*) Tractatus theologico-politicus. Cap. III.

2 *

VI.
Spinoza's Familie. Seine hebräische Bildung.

1. Die Eltern.

Innerhalb dieser portugiesischen Gemeinde wurde Baruch Spinoza (d' Espinosa) den 24. November 1632 zu Amsterdam in einem Hause auf dem Burgwall in der Nähe der alten portugiesischen Synagoge geboren. Er hatte zwei Schwestern, Rebecka und Mirjam, von denen die erste unverheirathet blieb, die zweite einen ihrer Glaubensgenossen Samuel Carceris zum Manne nahm. Die Eltern waren ehrbare Handelsleute, die den einzigen Sohn, dessen außerordentliche Fähigkeiten sich früh bemerkbar machten, sorgfältig erziehen ließen und dem jüdischen Gelehrtenberuf widmeten.

Nach Lucas seien die Eltern nicht reich genug gewesen, um den Sohn Kaufmann werden zu lassen; nach Sebastian Kortholt habe sich der Sohn gegen den Willen des Vaters selbst zum Rabbiner bestimmt. Beide Erzählungen erscheinen wenig glaubhaft. Der Vermögensstand der Eltern, wie er auch beschaffen gewesen, hätte die kaufmännische Laufbahn des Sohnes nicht gehindert, und wie hätte ein frommer und glaubenseifriger Jude, wie Spinozas Vater ohne Zweifel war, nicht gern in seinem Sohn ein künftiges Licht der Synagoge erblicken sollen, namentlich da er der geistigen Begabung dieses Sohnes gewiß sein konnte?

2. Die Rabbinenschule.

Wie dem auch sei, so viel steht fest, daß Baruch Spinoza die jüdische Gelehrtenlaufbahn ergriff und alle Stufen ▇ Rab-

binenschule durchlief von den Elementen des Hebräischen bis zu
den heiligen Schriften des alten Testaments, insbesondere dem
Pentateuch und den Propheten, von hier zum Talmud bis hinauf
zu der Kenntniß der jüdischen Commentatoren und Scholastiker
des Mittelalters, deren größter Maimonides war. Dieses aus=
gebreitete Gebiet jüdischer Theologie durchforschte Spinoza lern=
begierig und mit rastlosem Eifer. Sein Lehrer war einer der
größten Talmudisten seiner Zeit, der erste Name unter den Rab=
binern Amsterdams, selbst Gründer einer theologischen Schule,
Saul Levi Morteira. Und in kurzer Zeit galt Spinoza als
ein so hervorragender und gelehrter Schüler, daß er der Stolz
seines Lehrers und die Hoffnung der Synagoge war.

3. Die Kabbala.

Neben dem alten Testament und dem Talmud studirte er
die kabbalistischen Bücher, in denen eine spätere jüdische Weisheit
ein theosophisches System ausgebildet hat, das sich zu dem mo=
saischen Glauben ähnlich verhält, als zum christlichen die Gnosis
und zum griechisch = heidnischen der Neuplatonismus. Es ist be=
kannt, welche Bedeutung in dem Uebergange von der Scholastik
zur Erneuerung der Philosophie die kabbalistische Lehre seit Pico
von Mirandola und Reuchlin gehabt hat. Von dem theologi=
schen Geiste des Mittelalters zu dem naturalistischen einer neuen
Welterkenntniß bildete die Theosophie einen nothwendigen und
wichtigen Durchgangspunkt, und gerade hier mischte sich die
Kabbala bedeutungsvoll und wirksam in den wissenschaftlichen
Entwicklungsgang des christlichen Geistes. So kam Spinoza an
der Hand der jüdischen Literatur unwillkürlich bis an die Schwelle
der neuen Philosophie. Ich · will damit nicht sagen, daß die
Kabbala für ihn selbst eine Art Vorschule zur Philosophie ge=
wesen sei, noch weniger, daß die kabbalistischen Lehren ihn zu

seiner eigenen geführt haben. Man hat von einem Zusammenhang dieser Art bisweilen gefaselt und den Philosophen Spinoza
unter die Kabbalisten bringen wollen, damit er dem Judenthum, das ihn aus der Synagoge ausgestoßen, durch die heimliche Thür der Kabbala wieder zugeführt werde. Warum macht
man nicht auch Descartes zu einem Kabbalisten! Das ganze
Gerede beweist nur, daß die Leute von dem eigentlichen Charakter der kabbalistischen Weisheit nichts verstehen und noch weniger von Spinoza's Lehre und seiner Geistesart. Sie wissen
auch nicht wie Spinoza selbst von den Kabbalisten geurtheilt hat.
Hier ist seine Erklärung: „ich habe auch noch einige kabbalistische
Schwätzer gelesen und mich nie genug über ihren Unsinn wun-
dern können*).‟

Er hatte die jüdische Theologie und Theosophie durchstudirt,
und der letzte Erfolg war, daß er sich davon losriß, im Innersten unbefriedigt. Statt des Rabbiners war ein Skeptiker aus
ihm geworden. Er dürstete nach Erkenntniß Gottes und der
Natur und dieser Durst blieb ungestillt durch das alte Testament,
den Talmud und die Kabbala.

.

VII.
Der Bruch mit dem Judenthum.

1. Die Entfremdung.

Die ersten Philosophen der neuen Zeit haben es schwer, die
Selbständigkeit zu erringen, welche das Werk der freien und vor-
aussetzungslosen Erkenntniß verlangt. Ihre Jugend und Erzie-
hung ist unter die Macht der Tradition gegeben, die mit einem

---

*) Tract. theologico - politicus. Cap. IX. (Ed. Paulus I
p. 297.)

geheiligten Ansehen und einer massenhaften Schulweisheit die
Köpfe gefangen nimmt und die Geistesfreiheit bei Zeiten unter-
jocht. Descartes in der Jesuitenschule von La Flèche, Spinoza
in der Rabbinenschule von Amsterdam! Jener ein Schüler des
strengsten Ordens im Sinne der päbstlichen Autorität, dieser ein
Jünger des Talmud. Aber so soll es sein. Nur die schwer er-
rungene Selbständigkeit ist die ächte. Beide haben gründlich gelernt, was sie lernen konnten; sie haben beide eine Meisterschaft
über den erlernten Stoff erreicht, sie sind bewunderte Schüler
gewesen, und im Ausgange ihrer Lehrjahre waren sie dem Geist
der Schule, die sie erzogen, innerlich vollkommen entfremdet und
in ihrem Urtheil weit überlegen.

Wir haben von Spinoza keine Selbstbekenntnisse weder
mündlicher noch schriftlicher Art, die uns einen Blick gewähren
könnten in die inneren Kämpfe, die er in der Rabbinenschule er-
lebt hat, wie er allmählich zu der Entscheidung in sich kam, die
innerlich jede Geistesgemeinschaft zwischen ihm und der Synagoge
aufhob.

Ich glaube nicht, daß diese Kämpfe stürmischer Natur waren. Dieser klare und helle Kopf suchte Licht und fand Dunkel;
er wollte Wahrheit und Erkenntniß, und es mußte ihm, je reifer
er wurde, um so deutlicher einleuchten, daß die gesammte jüdische
Gelehrsamkeit ganz andere als wissenschaftliche Grundlagen hatte,
daß die kabbalistischen Bücher von einer klaren Erkenntniß der
Dinge weit entfernt und das mosaische Gesetzessystem überhaupt
nicht bestimmt war, wissenschaftliche Einsichten zu gewähren.
Diese Ueberzeugung hatte er mit aller Deutlichkeit gewonnen
und sie hatte sich ruhig in ihm befestigt. Er hatte in den Schriften des alten Testaments eine Reihe von Widersprüchen erkannt,
einen Mangel an Zusammenhang und Uebereinstimmung gefunden, der in seinen Augen das Ansehen nothwendig erschüttern

mußte, welches der jüdische Glaube diesen seinen Urkunden zuschreibt. Solche Bedenken müssen in ihm schon erwacht sein,
als er noch den Rabbinenberuf vor sich hatte. Denn er bemerkt
in seinem theologisch-politischen Tractat ausdrücklich, nachdem
er seine Bedenken ausgeführt hat: „ich schreibe hier nichts, was
ich nicht schon lange und längst bedacht habe *)."

Sein Erkenntnißbedürfniß strebt aus dem Rabbinenthum
heraus und findet endlich das ersehnte Licht in den Werken
Descartes'. Aus dem Talmudisten wird ein Philosoph, aus
dem Skeptiker ein Cartesianer und zwar unter allen der scharfsinnigste und geistesmächtigste.

2. Die Conflicte.

Der Uebergang Spinozas aus der jüdischen Theologie zu
Descartes und der Philosophie, der sich in der Stille seines Gemüths vorbereitet und vollzieht, ist von einer gewaltsamen Katastrophe begleitet, die sein äußeres Leben erschüttert. Er geräth mit
seinen Lehrern in Zwiespalt und es kömmt zuletzt zum Bruch mit
der Synagoge, die ihn als einen Abtrünnigen feierlich ausstößt.

Ueber die einzelnen Vorgänge, die dabei stattgefunden haben
und der letzten Maßregel vorausgingen, sind wir nur wenig unterrichtet. So viel ist gewiß, daß die Synagoge Alles aufbot, um
einen offenen Bruch zu vermeiden. Und auf der andern Seite
darf man sicher sein, daß Spinoza nichts that, um eine solche
Katastrophe herauszufordern, so wenig er dieselbe fürchtete. Es
lag nicht in seiner Natur, gewaltsame Scenen herbeizuführen;
noch weniger aber lag es in diesem Charakter, der in der Liebe
zur Wahrheit seinen Schwerpunkt hatte, jemals ein Anderer zu
scheinen als er war. Jede Art der Heuchelei war ihm unmöglich.

---

*) Tract. theologico-politicus. Cap. IX.

Nachdem er innerlich die Geistesgemeinschaft mit der Synagoge aufgegeben hatte, vermochte er nicht, sie noch äußerlich festzuhalten. Er wurde mit dem Besuch der Synagoge seltener und hörte auf ihren Cultus zu theilen.

Diese stille Absonderung war zunächst das einzig auffallende Zeichen seiner Geistesveränderung, das er gab. Doch war er in den Augen der Synagoge selbst zu bedeutend, ein Gegenstand schon zu gewichtiger Hoffnungen, als daß seine Absonderung nicht hätte bedenklich auffallen sollen. Man fürchtete, diesen vortrefflichen Kopf zu verlieren, vielleicht gar an die feindliche Religion.

Bedeutende Menschen erregen in dem Kreise, der sie umgiebt, immer den Neid solcher, die sie unwillkürlich verdunkeln und die sich ungern in Schatten gestellt sehen. Man darf sicher sein, daß unter den Glaubensgenossen Spinozas, namentlich unter den gelehrten, die ihm zunächst standen, neidische Empfindungen genug erregt waren, die ihm auflauerten. Und unter den Leidenschaften, die den Verfolgungsgeist anfachen und erhitzen, bleiben auch die niedrigen Empfindungen nie aus, von denen der Neid die niedrigste, die ungerechteste und zugleich die thätigste ist.

Es scheint, daß man Spinoza zuerst aushorchen wollte, um seine eigentliche Gesinnung zu erforschen. Zwei angebliche Freunde übernahmen es aus freien Stücken oder auf höhern Wink, ihm die Schlinge zu legen. Sie brachten ihn in ein Gespräch über die Natur Gottes, die Unsterblichkeit der Seele, die Realität der Engel. Er sollte ihnen sagen, ob Gott körperlicher Natur, die Seele unsterblich, die Engel wirkliche Wesen seien. Spinoza suchte das Gespräch zu vermeiden, indem er ihnen antwortete: „ihr habt ja Mosen und die Propheten!" Als man aber weiter und, wie es schien, mit wirklicher Wißbegierde in ihn drang, so erklärte er sich freimüthig und zeigte, wie man nach der Bibel Gott wohl als körperlich, die Engel als Phantome, die Seele als bloßes Lebensprincip ansehen dürfe. Man suchte ihn noch öfter auszuholen, aber er blieb verschlossen.

Jetzt kamen schlimme Gerüchte über seinen Glauben in Umlauf, er wurde als gottloser Frevler verschrieen, als Verächter des mosaischen Gesetzes, von dem er gesagt haben sollte, daß es nur auf politische Zwecke, nicht auf Erkenntniß Gottes und der Natur gegründet sei. Er wurde vor die Schranken des jüdischen Glaubensgerichts gerufen, verhört, zur Buße aufgefordert und mit der Excommunication bedroht. Der Rabbi Morteira soll selbst nach der Synagoge geeilt sein und nach vergeblichen Versuchen, Spinoza zu bekehren oder zum Widerruf zu bewegen, seinen Lieblingsschüler mit Verwünschungen überschüttet haben. Die einzelnen Züge, mit welchen diese Scene von Bouillainvilliers erzählt wird, sind offenbar falsch und erfunden. Man darf erwarten, daß sich Spinoza in jenem Glaubensverhör mit der größten Entschiedenheit und ohne alle Furcht erklärt hat, aber nicht mit dem schülerhaften und frechen Trotz, den ihm jene Erzählung in den Mund legt. Alle Bekehrungsversuche und alle Drohungen, die man anwendete, schlugen fehl.

Man griff zu einem anderen Mittel, um ihn wenn nicht dem Glauben doch wenigstens dem Namen des Judenthums noch zu erhalten. Die Rabbinen boten ihm ein Jahrgehalt von tausend Gulden, wenn er Jude bleiben und bisweilen die Synagoge besuchen wollte. Diese Thatsache steht fest. Spinoza selbst hat sie öfters dem Maler van der Spyck erzählt, von dem sie Colerus gehört hat. Er setzte hinzu, daß er diese Anerbietungen nie angenommen haben würde, wenn sie auch zehnmal größer gewesen wären, denn er sei kein Heuchler und suche nicht Geld, sondern Wahrheit.

Weder die Bekehrungsversuche noch die Drohungen noch die Bestechung konnten ihn bewegen. Schon waren die Leidenschaf-

ten gegen ihn dergestalt aufgeregt und erbittert, daß man anfing
nach seinem Leben zu trachten. Wie Bayle berichtet, soll ihn
beim Ausgang aus dem Theater ein Jude angefallen und mit
einem Messerstich ins Gesicht verwundet haben. Spinoza selbst
hat die Begebenheit anders erzählt und so hat sie Colerus von
dem Maler van der Spyck vernommen. Eines Abends als er
aus der alten portugiesischen Synagoge heraustritt, bemerkt er
dicht neben sich einen Menschen mit dem Dolch in der Hand; er
ist auf seiner Hut und weicht dem Stoß aus, der sein Kleid durch-
bohrt. Zum Andenken an dieses Erlebniß hat Spinoza das
durchbohrte Kleid aufbewahrt. Diese so beglaubigte Thatsache
ist nicht zu bezweifeln. Aber man möchte fragen, wie kam Spinoza dazu, mitten in diesen Conflicten noch die Synagoge zu besuchen? Seit dem Mordanfall konnte er sich in Amsterdam nicht
mehr für sicher halten, und es ist wahrscheinlich, daß er schon
damals eine Zuflucht außerhalb der Stadt gesucht hat.

3. Der Bannfluch.

Nachdem die Versuche, ihn zu gewinnen oder zu vernichten,
fehlgeschlagen waren, blieb als letztes Mittel nur die Ausschließung aus der Gemeinde übrig, der förmliche Bannfluch. Die
Form des jüdischen Anathems hat drei Grade: Niddui, Cherem,
Schammatha. Der erste Grad verhängt eine Ausschließung auf
gewisse Zeit, zunächst auf dreißig Tage, der zweite begleitet die
Ausschließung mit Verwünschungen, der dritte verflucht den Frevler zu jeglichem Unheil. Die älteren Talmudisten unterscheiden
nur zwei Grade und nehmen Cherem als den höchsten, während
Schammatha bei ihnen nur als ein anderer Ausdruck des ersten
Grades gilt.

Das größte Verbrechen, dessen Spinoza schuldig erklärt wurde, ist die Blasphemie, die Verachtung des Gesetzes. Darum

meint Colerus, daß es die Schammatha oder der große Bann
war, den der alte Rabbi Chacham Abuabh *) öffentlich über
Spinoza aussprach. Näheres über die Sache hat er nicht ermit-
teln können. Auch ist es ihm nicht gelungen, von den Söhnen
des Rabbi die Urkunde der gegen Spinoza ausgesprochenen Bann-
formel zu erhalten; sie gaben vor, daß sie unter den Papieren
ihres Vaters das Schriftstück nicht hätten auffinden können, aber
es war klar, daß sie es nicht mittheilen wollten.

Erst in jüngster Zeit ist durch die Bemühung van Blotens
das merkwürdige Document ans Licht gezogen worden. Es war
den 6. August 1656, als in der Synagoge zu Amsterdam folgen-
der Bannfluch gegen Spinoza ausgesprochen wurde:

„Die Herrn des geistlichen Raths lassen euch wissen, daß sie,
schon längst kundig der frevelhaften Gesinnungen und Aeußerungen des Baruch Spinoza, verschiedene mal und auch durch Versprechungen bemüht waren, ihn von seinen bösen Wegen abzu-
lenken. Da sie aber nichts bei ihm ausrichten konnten, im Gegentheil seine durch That und Wort bekundeten schrecklichen Irr-
lehren und schamlosen Aeußerungen täglich mehr in Erfahrung
brachten und dafür eine Menge glaubwürdiger Zeugen hatten,
die in seiner Gegenwart ihr Zeugniß ablegten und ihn überführ-
ten, so haben sie vor den Rabbinen und unter deren Zustimmung
den Beschluß gefaßt, diesen Spinoza mit dem Bannfluch zu be-
legen und aus dem Volk Israel auszustoßen unter folgendem Anathem. Nach dem Urtheil der Engel und Heiligen verbannen, ver-
stoßen, verdammen und verfluchen wir den Baruch Spinoza unter Zustimmung des geistlichen Tribunals und unter Beistimmung
jeder heiligen Gemeinschaft, im Angesichte der heiligen Bücher mit
den sechshundert dreizehn darin enthaltenen Vorschriften, mit dem

---

*) Nach Boullainvilliers war es Morteira selbst.

Bann, den Josua über Jericho ausgesprochen, mit dem Fluch, womit Elisa die Knaben verflucht hat, mit allen Flüchen, die im Buch des Gesetzes geschrieben stehen: er sei verflucht bei Tag und sei verflucht bei Nacht; er sei verflucht, wenn er schläft, und sei verflucht, wenn er aufsteht; er sei verflucht bei seinem Ausgang und sei verflucht bei seinem Eingang! Der Herr wolle ihm nie verzeihen! Er wolle seinen Grimm und Eifer fortan gegen diesen Menschen lodern lassen und ihn mit allen Flüchen beladen, die im Buch des Gesetzes geschrieben stehen! Er wird seinen Namen vertilgen unter dem Himmel und wird ihn trennen zu seinem Unheil von allen Stämmen Israels mit Allem was verflucht ist im Buch des Gesetzes. Ihr aber, die ihr dem Herrn eurem Gotte anhängt, seid alle heute gegrüßt! Hütet euch, daß niemand ihn mündlich, niemand schriftlich anrede, niemand ihm etwas Gutes erweise, niemand mit ihm unter einem Dach, niemand vier Ellen weit von ihm stehen bleibe, niemand etwas lese, das er gemacht oder geschrieben."

Spinoza war abwesend, als die Synagoge diese Verwünschungen über ihn ergoß. Er empfing das Urtheil schriftlich und erwiderte es durch einen Protest in spanischer Sprache, der uns leider verloren ist. Im Uebrigen ließ er die Sache, wie sie lag. Er war in seine Gedanken vertieft und bekümmerte sich wenig um die Bannflüche eines Glaubens, der ihm gänzlich werthlos geworden. Was galten ihm noch die Rabbinen gegen Descartes? In ihm hatte er den Lehrer gefunden, den sein Geist und Wahrheitssinn brauchte. Er hörte jetzt auf, Jude zu sein, und vertauschte den jüdischen Namen Baruch mit dem gleichbedeutenden lateinischen Benedictus. So nennt er sich in seinen Briefen und Schriften.

4. Das Leben in der Verborgenheit.
Aufenthaltsorte.

Wenn der Erzählung, aus der Voullainvilliers geschöpft hat, zu trauen ist, so war die Aufregung in der jüdischen Gemeinde nach der Ausstoßung Spinozas keineswegs gestillt und namentlich die Rachsucht der Rabbinen nicht befriedigt. Vor Allen war es Morteira selbst, der in der Verfolgung des abtrünnigen Jüngers sich gar nicht genugthun konnte. Im Bunde mit den christlichen Geistlichen der Stadt, die in Spinoza einen Glaubensfrevler sahen und den Haß der Rabbinen mitempfanden, habe Morteira die Obrigkeit von Amsterdam dazu gebracht, daß sie zur Aufrechthaltung der Ordnung und Autorität Spinoza auf einige Monate aus der Stadt verbannte. Colerus weiß nichts davon. Auch ist die Sache wenig glaubhaft, da Spinoza zur Zeit des Bannfluchs Amsterdam schon verlassen hatte.

Von jetzt an lebte er in der tiefsten Einsamkeit. Die nächsten Jahre von 1656—1661 wohnte er in der Nähe von Amsterdam in einem abgelegenen Landhause an der Straße nach Ouwerkerke, wo er bei einem Freunde gastliche Zuflucht fand. Dieser Freund gehörte zu den in den Niederlanden unterdrückten Protestanten, den Arminianern oder Remonstranten, welche die Synode von Dortrecht verdammt hatte. Bekanntlich waren unter den theologischen und kirchlichen Gegnern der Arminianer auch die Feinde Descartes' und seiner Schule. Eine zweite Synode von Dortrecht hatte den Cartesianismus verdammt in demselben Jahr, als die Juden Spinoza verstießen. Der verfolgte Jude fand ein Asyl bei dem verfolgten Christen. Viele Arminianer waren ausgewandert; die in den Niederlanden zurückgebliebenen bildeten eine stille Gemeinde ohne Geistliche; sie nannten sich Collegianten, hatten ihren Hauptsitz in Rhynsburg nahe bei

Leyden, woher sie auch „Rhynsburger" hießen, und vermischten sich später mit den arminianisch gesinnten Mennoniten. Der
religiösen Denkweise dieser Leute, die sich ohne jede Art kirchlichen
Zwanges strenge Sittenreinheit zur Pflicht machten, konnte sich
Spinoza verwandt fühlen; es war die einzige religiöse Secte, mit
der er noch in Berührung kam und wo der Fluch seiner früheren
Glaubensgenossen keinen Wiederhall fand. Jene Schriften und
Briefe, die van Vloten jüngst herausgegeben, sind in dem Waisenhause der Collegianten zu Amsterdam entdeckt worden.

Vielleicht ist die Sympathie, welche Spinoza für diese stille
Gemeinde empfand, mit ein Beweggrund gewesen, daß er seinen Gastfreund nach Rhynsburg begleitete und sich hier die
nächsten Jahre aufhielt. Im Mai des Jahres 1664 begab er
sich nach Voorburg beim Haag, wo er im Hause des Malers
Daniel Tydeman wohnte und bis in das Jahr 1669 blieb.
Dann ließ er sich auf die Bitten seiner Freunde im Haag selbst
nieder. Hier wohnte er zuerst auf dem Veerkay in Pension bei
der Wittwe van Velden, in einem kleinen Stübchen des zweiten
Stockwerks ganz am Ende des Hinterhauses. In demselben
Zimmer hat später Colerus gewohnt und die Biographie Spinoza's geschrieben. Um sich ökonomisch noch mehr einzuschränken
als das Leben in der Pension ihm erlaubte, zog er in das Haus
des Malers van der Spyck (1671), wo er selbst seinen kleinen Haushalt besorgte. Hier ist er bis zu seinem Tode geblieben.

Kehren wir jetzt zu der Bildungsgeschichte des Philosophen

*) Es ist ein Irrthum, wenn ihn Colerus erst im Jahr 1664
nach Rhynsburg kommen und nur einen Winter dort bleiben läßt, denn
es ist sicher, daß Oldenburg schon im Jahr 1661 Spinoza in Rhynsburg besucht hat. Epist. I.

zurück, die wir in ihrem jüdischen Verlaufe kennen gelernt haben.

VIII.
Spinoza's philosophische und lateinische Bildung.

1. Das Studium Descartes'.

Wir können nicht genau bestimmen, in welchem Zeitpunkte Spinoza mit den Werken Descartes' bekannt wurde. Gewiß ist, daß er in der Rhynsburger Zeit bereits über den Meister hinausgegangen und mit dem Hauptwerk der eigenen Lehre beschäftigt war. Schon im Jahre 1661, also in der ersten Zeit seines Aufenthalts in Rhynsburg, schickte er seinem Freunde Heinrich Oldenburg in London ein Bruchstück der Ethik. Und zwei Jahre später finden wir, daß einer seiner jüngeren Freunde in Amsterdam, Simon Vries, die Ethik in der Handschrift liest *).

Nehmen wir nun an, daß offenbar mehrere Jahre nöthig waren, um Descartes zu studiren, zu durchdringen, selbst den höheren Standpunkt zu gewinnen und auszubilden, so werden wir nicht zu weit zurückgreifen, wenn wir den Anfang seiner cartesianischen Studien in die letzte Zeit der rabbinischen verlegen und dem Zerwürfniß mit der Synagoge vorausseßen. Bloße Zweifel, die in ihm aufgetaucht waren, hätten ihm den Rabbinen gegenüber eine so feste und unerschütterliche Haltung nicht geben können, als womit er ihre Bekehrungsversuche scheitern ließ, ihre Versprechungen zurückwies, ihre Drohungen und Flüche ruhig hinnahm und ertrug. Er war kein schwankendes Rohr, wie Uriel Akosta! Seine Zweifel hatten die sichersten Stützpunkte, sie

*) Epist. II (an Oldenburg). Epist. XXVI (von Simon Vries).

waren unumftößlich und feine Ueberzeugungen gewiß, als er dem
Judenthum abfagte. Damals fchon war fein Kopf von den
Ideen Descartes' erfüllt und geläutert. Er trug eine lichte
Welt in fich und ließ es ruhig gefchehen, daß die trübe Welt
ihre Blitze nach ihm fchleuderte.

2. Die lateinifche Sprache.

Aber das Studium der Werke Descartes', namentlich der
beiden grundlegenden, der Meditationen und Principien, fetzte
die Kenntniß der lateinifchen Sprache voraus. Spinoza mußte
diefe Sprache fchon verftehen, um die Hauptfchriften Descartes' leicht und fchnell zu durchdringen; er mußte fie wie eine
zweite Mutterfprache fich angeeignet haben, um felbft feinem
Zeitalter und der Welt ein Lehrer der Philofophie werden zu können. Und er hat fich diefe Bildung in einem bewunderungs-
würdigen Grade erworben. Denn die lateinifche Form feiner
Schriften ift fo klar und durchfichtig, dem Inhalte jedesmal fo
vollkommen entfprechend und angemeffen, in ihrem Gepräge fo
ficher und feft, daß fie in der Bedeutung, in der allein diefes
Wort gelten follte, claffifch in ihrer Art genannt werden darf.

Wenn wir nun feine cartefianifchen Studien fchon unter den
Motiven erblicken, die den Bruch mit dem Judenthum und der
Synagoge entfchieden haben, fo müffen wir annehmen, daß die
lateinifche Bildung Spinoza's diefem Zeitpunkte vorausgeht. In
feinem fünfzehnten Jahre ift er ein ausgemachter Talmudift. Bis
dahin war feine Bildung ungetheilt jüdifch. Er fteht in feinem
vierundzwanzigften Jahre, als ihn die Synagoge verdammt
und fein Geift fchon in den Einfichten der Lehre Descartes' lebt.
. In die Zwifchenzeit fällt feine lateinifche Bildung, die er natürlich außerhalb der Rabbinenfchule empfing. Er lernte die Spra-
chen leicht und hatte einen nicht geringen Umfang in der Kennt-

niß und dem Gebrauche fremder Idiome. Von den neueren verstand er portugiesisch, spanisch, italienisch, französisch, holländisch, deutsch. Dazu kam die vorzügliche Kenntniß des Hebräischen, worin er selbst eine Grammatik auf neuen Grundlagen entwarf; dazu die lateinische Sprache.

Das Interesse für die letzte führte ihn in die Schule eines Mannes, der nicht bloß seine lateinische Bildung gefördert, sondern auch seine wissenschaftliche Geistesentwicklung mitbestimmt hat, in dessen Umgange seine Abneigung gegen das Judenthum genährt und Spinoza vielleicht zuerst auf die Philosophie und Descartes hingewiesen wurde.

IX.
Der Verkehr mit van den Ende.

1. Franz van den Ende.

Den ersten lateinischen Unterricht empfing Spinoza von einem Deutschen, dessen Name unbekannt ist. Die höhere lateinische Bildung verdankt er dem Arzt Franz van den Ende in Amsterdam, der als gelehrter Humanist bekannt und als philologischer Lehrer allgemein gesucht war. Die reichsten Leute der Stadt ließen ihre Söhne von ihm unterrichten. Die Liebe zur Literatur des classischen Alterthums', worin er sich heimisch fühlte, hatte im Bunde mit den Naturwissenschaften, die er als Arzt betrieb, den Geist dieses Mannes den Glaubensvorstellungen seiner Kirche eganz entfremdet. Er war ein Freigeist, der nicht bloß durch seine humanistische Bildung, sondern auch durch seine naturalistische Denkweise auf die Gemüther seiner Zöglinge einwirkte. Sein Unterricht wurde verdächtig, und man entdeckte endlich, sagt Colerus, daß er in den jungen Leuten, die man ihm anver-

traut hatte, den Saamen des Atheismus ausstreute. „Das ist
eine Thatsache," setzt er hinzu, „die ich, wenn es nöthig sein
sollte, durch das Zeugniß mehrerer ehrbarer Leute, die noch
leben, beweisen könnte. Diese guten Seelen segnen noch heute
ihre Eltern im Grabe dafür, daß diese sie den Händen eines so
verderblichen und gottlosen Lehrers entzogen und bei Zeiten der
Schule des Satans entrissen haben."

Es ist nach alle dem sehr wahrscheinlich, daß Spinoza unter
dem Einfluß dieses Mannes sich nicht bloß im Latein vervoll-
kommnete, sondern zugleich zu der Richtung auf die Naturwissenschaften angeregt wurde, die ihn zu Descartes hinführte. Von
seiner hebräischen zu seiner cartesianischen Bildung ist durch die
lateinische der Uebergang vermittelt, und hier ist in dem Leben
Spinoza's der Einfluß Franz van den Ende's wichtig gewesen *).

Die letzten Lebensjahre des gelehrten Arztes waren aben-

*) Boullainvilliers erzählt, daß van den Ende sein Haus und sei-
nen Unterricht Spinoza unter der Bedingung angeboten habe, daß dieser ihn später gleichsam als Hülfslehrer unterstützen sollte, wenn er die
dazu nöthige Bildung erreicht habe. Sein Haus kann van den Ende
ihm wohl nur als Asyl angeboten haben in dem Zeitpunkte, wo Spinoza eine solche Zuflucht bedurfte, nach dem Bruch mit der Synagoge.
Diese Einladung setzt offenbar eine nähere Bekanntschaft zwischen Beiden
voraus, die wohl nur stattfinden konnte, wenn Spinoza schon eine
Zeit lang in der Schule van den Ende's gewesen war. In keinem Falle
kann sein Verhältniß zu dem gelehrten Arzt erst nach dem Bruch mit der
Synagoge begonnen haben, denn damals war sein Wohnort nicht mehr
Amsterdam; auch nicht wenige Zeit vorher, denn sonst wäre der Zeitraum
für seine lateinische Bildung zu kurz. So ist auch in diesem Punkte die
Erzählung, aus der B. geschöpft hat, unsicher und verworren. In dem
Zeitpunkte, wo van den Ende sein Haus als Asyl dem verstoßenen Spi-
noza anbieten konnte, ist es unmöglich, daß er ihm erst seinen Unterricht angeboten hat.

3 *

teuerlich und sein Ende sehr tragisch. Nachdem er in Holland wahrscheinlich, durch den Ruf eines Atheisten, in den er gekommen war, die Geltung bei den Leuten und seinen Lebensunterhalt verloren hatte, ging er nach Frankreich, wo er einige Zeit sein medicinisches Geschäft trieb und zuletzt wegen eines politischen Verbrechens am Galgen endete (1672). Ein Gerücht ging, daß er ein Attentat auf das Leben des Dauphin gemacht habe. In Wahrheit hatte er theilgenommen an einer politischen Verschwörung, die den Zweck hatte, die Normandie und Bretagne in Aufstand zu bringen und den Holländern auszuliefern. Rohan und La Truaumont standen an der Spitze und brauchten als Werkzeug, wie de la Fare in seinen Memoiren erzählt, „einen holländischen Schulmeister." Van den Ende hatte dabei das patriotische Interesse, dem Könige von Frankreich, der damals die Niederlande bekriegte, in seinem eigenen Reich eine Diversion zu machen.

2. Clara Maria van den Ende.

Spinoza fand in dem Hause seines Lehrers außer den Bildungsobjecten und Anregungen, die er empfing, noch eine andere Anziehungskraft, die sein Herz ergriff. Van den Ende hatte eine einzige Tochter Clara Maria, die an der gelehrten Bildung ihres Vaters theilnahm und die lateinische Sprache so vortrefflich verstand, daß sie in Abwesenheit des Vaters die Zöglinge selbst unterrichten konnte. Sie war nicht schön, aber geistvoll, fähig, heiteren Sinnes, kundig der Musik, und diese Reize gewannen die Liebe Spinoza's. Er selbst hat es später oft bekannt, daß er sie geliebt und die Absicht gehabt habe, sie zu heirathen.

In einem andern Schüler van den Ende's, Namens Kerckrinck, hatte er einen Nebenbuhler, der den Preis davontrug mit Hülfe eines Halsbandes, das er seiner Lehrerin schenkte. Sie

wurde Kerckrinck's Frau, nachdem dieser zum Katholicismus über-
getreten. So erzählt Colerus die Sache mit Hinweisung auf
Bayle und Sebastian Kortholt. Der Letzte weiß nichts von einer Liebe Spinoza's, sondern nur daß er im Latein von einem
Mädchen unterrichtet worden sei zugleich mit Kerckrinck aus Ham-
burg, der später die Lehrerin geheirathet habe. Dagegen sagt
Colerus nicht ausdrücklich, daß Spinoza ihr Schüler gewesen sei,
sondern nur daß er sie häufig zu sehen und zu sprechen Gelegenheit gehabt und so die Neigung zu ihr gefaßt habe. Freilich
scheint es, daß auch Colerus das Zusammensein beider sich mit
dem Unterricht Spinoza's in Verbindung dachte.

Ein Theil dieser Erzählung zerfällt in nichts vor den chro-
nologischen Thatsachen, die neuerdings van Bloten aus den Hei-
rathsregistern von Amsterdam erhoben hat. Die Ehe zwischen
Dirck Kerckrinck und Clara Maria van den Ende wurde den 5. Febr.
1671 geschlossen. Damals war Kerckrinck zweiundreißig Jahr
alt und seine Braut siebenundzwanzig. Zur Zeit des Bannfluchs
war Clara Maria zwölf Jahr; nach dieser Zeit kann van den
Ende nicht mehr Spinoza's Lehrer gewesen sein, also ist es unmöglich, daß dessen Tochter jemals seine Lehrerin war. Ja es
ist sogar schwer, für die Liebe Spinoza's selbst die Zeit ausfin-
dig zu machen. So lange er in Amsterdam lebte, war die Tochter van den Ende's ein Kind; als er die Nähe Amsterdams für
immer verließ, war sie sechszehn Jahr alt. Da nun Spinoza
selbst, wie Colerus gewiß glaubwürdig berichtet, öfter von seiner Neigung gesprochen hat, so müssen wir annehmen, daß er
nach dem Bannfluch und nach seiner Entfernung von Amsterdam
noch längere Zeit hindurch besuchsweise mit dem Haus van den
Ende verkehrte. Von jenem Landhause aus zwischen Amsterdam
und Ouwerkerke war der Verkehr mit den Freunden in Amsterdam leicht, und er ist in den Jahren von 1656—1660, wo er

sich dort aufhielt, gewiß oft nach der Stadt gekommen. Auch wissen wir aus seinen Briefen, daß er von Rhynsberg und Voorburg aus Reisen nach Amsterdam machte und dort wochenlang blieb. So im Herbst 1661, im April 1663, Ende März 1665*). In diesen Jahren mußte Spinoza die Neigung ernsthaft gefaßt und an eine Verbindung mit der Tochter seines Lehrers gedacht haben. Merkwürdig aber, daß in seinen Briefen der Name van den Ende nirgends vorkömmt.

Das Glück dieser Liebe, wenn Spinoza jemals leidenschaftlich davon ergriffen war, ist ein flüchtiger Traum gewesen, dem schnell die Entsagung für immer folgte, die für das Gemüth dieses Mannes kein schweres Schicksal, sondern die ihm gemäße dauernde Grundstimmung war. In einem solchen Gemüth haben die Leidenschaften keine stürmische und niederschlagende Herrschaft. Man darf sich die Liebe und die Entsagung Spinoza's nicht nach Art sentimentaler Empfindungen vorstellen. Die Leiden der Liebe passen nicht für diesen Kopf. Er ist zu hell, um von den Leidenschaften verdunkelt zu werden. Darum ist diese Liebe kein glücklicher und ergiebiger Gegenstand für einen Roman, denn um daraus eine empfindsame Herzensgeschichte zu machen, muß man den Kopf Spinoza's vergessen, und was bleibt dann von Spinoza noch für den Roman übrig?

X.
Spinoza's Charakter und Lebensweise.

1. Unabhängigkeit und Einsamkeit.

Die Mittel waren erschöpft, welche seine Feinde gegen Spinoza aufzubieten vermochten; sie hatten nacheinander versucht die

---

*) Epist. IV und IX (an Oldenburg). Ep. XXXVIII (an Blyenbergh).

Bestechung, den Meuchelmord, das Anathem und die Verban-
nung, die er genöthigt wurde freiwillig zu wählen, wenn man
nicht förmlich ein Edict dieser Art gegen ihn aussprach. Nie ist
ein selbstständiges Leben schwerer erkämpft, nie reiner und stiller
geführt worden als hier, wo ein Mensch mit seinen Eltern, seiner
Gemeinde, seinem Glauben und dem gewöhnlichen Glücke des
Lebens brechen mußte, um seinen Gedanken leben zu können,
und diese Schicksale so hinnimmt und erträgt, daß seine Gemüths-
ruhe nicht darunter leidet.

Die ererbte Religion hat ihn verworfen und er sie. Einem
andern Glauben tritt er nicht bei; keiner der in der Welt geltenden Religionen gehört er mehr an, auch nicht äußerlich dem
Scheine nach, denn er verschmäht den Schein; er hat die Grundlagen verlassen, auf denen die menschlichen Gemeinschaften ruhen;
er ist wie losgerissen von dem Bande der menschlichen Gesell-
schaft: er ist vollkommen unabhängig und vollkommen einsam!
Diese Unabhängigkeit und diese Einsamkeit hat er sich bis zum
letzten Athemzuge gewahrt, nachdem er sie dem Schicksale mit
unbeugsamer Beharrlichkeit abgerungen. Sie waren sein einziges und größtes Gut, die Lebensform, in der sein Geist sich
wohl fühlte, der einfache und ächte Ausdruck seines Charakters.

2. Lebenserwerb.

Bis in die kleinsten Züge auch der äußeren Lebensart hinein hat
sich dieser Charakter so fest und bestimmt ausgeprägt, daß man
überall dieselbe einfache und lautere Grundform wiedererkennt. Er
mußte selbst seinen Lebensunterhalt verdienen als erste Bedingung
eines unabhängigen Daseins; denn was hilft alle Geistesfreiheit,
wenn man ohne fremde Hülfe nicht existiren kann? Eine weise Vorschrift des Talmud macht den jüdischen Gelehrten zur Pflicht, daß
sie neben ihrer Wissenschaft ein Handwerk oder eine mechanische

Kunst lernen, in deren Uebung sie sich von den geistigen Anstren-
gungen in Erforschung der Schrift erholen sollten. Da der Geist
nicht fortwährend thätig sein könne, so erschien gerade für die
Talmudisten eine solche Nebenbeschäftigung nothwendig, damit
in ihrem Leben der Müssiggang, diese Quelle übler Gewohn-
heiten, keinen Raum finde.

Zu diesem Zweck hatte Spinoza freilich nicht nöthig, die
Vorschrift des Talmud zu erfüllen. Er brauchte neben der Philosophie, die sein innerer und wahrer Beruf war, ein Geschäft, das
ihn ernährte; und er mußte auch dieses Geschäft mit seinen mathematischen und naturwissenschaftlichen Interessen zu verbinden.
Er erlernte die Kunst optische Gläser zu schleifen, mit der sich auch
Descartes, wie wir wissen, viel und eifrig unter den Vorstu-
dien zu seiner Dioptrik beschäftigt hat*). Und er soll, wie Colerus
versichert, ein so geschickter Optikus gewesen sein, daß seine Gläser von allen Seiten gesucht wurden. Noch aus seinem Nach-
lasse wurden eine Menge solcher Gläser zu guten Preisen ver-
kauft.

Daneben hatte er die Liebhaberei zu zeichnen und er soll
sich gern im Porträt versucht haben, natürlich nicht um ein Geschäft daraus zu machen. Colerus selbst hat ein Heft solcher
Handzeichnungen gesehen, eine Art Album, worin Spinoza Personen seiner Bekanntschaft porträtirt hatte, unter andern sich
selbst, — wie es schien als Masaniello. Es muß eine heitere
Laune gewesen sein, in der sich Spinoza den Scherz machte, die
eigenen Züge in dem Bilde des neapolitanischen Fischers vorzu-
stellen.

---

*) Meine Gesch. der neuern Philosophie. (Zweite Auflage) I. Bd.
Theil I. Erstes Buch. Cap. V S. 167 und 168.

3. Uneigennützigkeit.

Man kann nicht unabhängig sein, wenn man eigennützig
ist. Denn der Eigennutz ist gewinnsüchtig und liebt den Gewinn
am meisten, der ihm ohne Mühe als Geschenk zufließt. Nichts
wird dem Eigennützigen leichter als das Annehmen, das Existiren auf fremde Kosten, womit unwillkürlich dem Empfänger sich
Verpflichtungen aufdrängen, welche die Unabhängigkeit gefähr-
den. Selbst wenn mit den Wohlthaten und Gunstbezeugungen
Anderer gar keine Verpflichtungen verbunden sind, so verliert
man doch in den eigenen Augen das sichere Bewußtsein seines
unabhängigen Daseins. Darum ist ein feines Gefühl eigener
Unabhängigkeit so spröde gegen das Annehmen fremder Gunst.

Ich will damit nicht sagen, daß Spinoza's vollkommene
Uneigennützigkeit nur seiner Unabhängigkeit dienen wollte, aber
sie kam dieser zu gute und war selbst in seiner Natur begründet,
die nichts von den Dingen begehrte, die dem menschlichen Eigennutz wichtig sind. Sogar gegen die wohlgemeinten Anerbietungen seiner Freunde verhielt er sich ablehnend. Einer seiner treue-
sten Freunde und Schüler war Simon Vries in Amsterdam. Dieser bot ihm ein Geschenk von zweitausend Gulden, das Spinoza
zurückwies, weil er es nicht brauchen könne und ihm der Besitz
unbequem sein würde. Als Simon Vries dem Tode nahe war,
wollte er, selbst kinderlos und unverheirathet, seinen Freund
zum einzigen Erben seines Vermögens einsetzen; Spinoza schlug
die Erbschaft aus und bat, daß er sie dem eigenen Bruder hin-
terlassen möge; selbst das kleine Jahrgehalt, welches dieser Bruder ihm zahlen sollte, setzte er auf eine weit geringere Summe
herunter.

Das väterliche Erbtheil machten ihm die Schwestern strei-
tig. Er ließ sein Recht gerichtlich entscheiden und nachdem es

feſtgeſtellt war, ſchenkte er den Schweſtern freiwillig ſeinen An-
theil. Einſt bat ihn einer ſeiner Freunde, der ihn ärmlich ge-
kleidet fand, ein beſſeres Kleid von ihm anzunehmen; Spinoza
dankte mit den Worten: wozu eine koſtbare Hülle für ein werth-
loſes Ding?

4. Bedürfnißloſigkeit.

Er verdiente ſo viel als er brauchte. Mehr wollte er nicht
haben, und er brauchte unendlich wenig. Es giebt für die äußere Unabhängigkeit keinen beſſeren Schuß als die Bedürfniß-
loſigkeit. Dieſe Tugend beſaß Spinoza im höchſten Grade. In
dieſer Rückſicht erinnert er an die Vorbilder großartiger Einfach-
heit unter den Philoſophen des Alterthums. Man hat ihm nach-
gerechnet, daß ſein täglicher Lebensunterhalt etwa zwanzig Pfen-
nige koſtete.

Seine Oekonomie war die ſparſamſte. Den geringen Haushalt, den er in den letzten Jahren ſelbſt führte, hielt er ſorgfäl-
tig geordnet, und die kleinen Schulden, die während eines Vierteljahrs aufliefen, wurden pünktlich mit dem Tage bezahlt.
Auch ſeine Kleidung war arm und eher vernachläſſigt als
gepflegt.

Wer ſorgenfrei ſein will, muß bedürfnißlos ſein können.
Spinoza hatte ſein Leben auf das kleinſte Maß menſchlicher Bedürfniſſe zurückgeführt und dadurch fähig gemacht, ſich ganz der
Erkenntniß der Wahrheit hinzugeben. Was er ſich in der That ſpa-
ren wollte, war nicht Geld, ſondern Bedürfniſſe und Sorgen,
die den Geiſt gefangen nehmen und in einen elenden Zuſtand
ſetzen. Seine Lebensart war die richtige Methode, um die Ge-
müthsruhe zu ſichern und ſich in kürzeſter Form mit der Welt
abzufinden.

5. Stillleben.

In dem Verkehr mit seinen Hausgenossen war er freundlich und sanft, theilnehmend an ihren Schicksalen, keinem jemals lästig, in seinen Gesprächen mild und friedfertig. In diesem Sinne liebte er es, mit seinen Hausfreunden bisweilen über die Sonntagsprebigt zu sprechen, die sie gehört hatten. Die Hauptsache in der Religion sei ein frommes, friedfertiges und ruhiges Leben. Auf diesen Satz kam er gern zurück und ließ im Uebrigen die Glaubensvorstellungen der Anderen unangefochten.

Ich gebe mit den Worten des Colerus ein kleines Bild seines häuslichen Stilllebens. „Er blieb den größten Theil des Tages ruhig auf seinem Zimmer. Wenn er sich bisweilen von seinen tiefen Meditationen zu ermübet fand, so kam er herunter, um sich zu erholen, und sprach mit den Hausgenossen von den gewöhnlichsten Dingen, selbst von Kleinigkeiten. Manchmal zerstreute er sich bei einer Pfeife Taback, oder wenn er sich eine etwas längere Erholung gönnen wollte, so fing er Spinnen, die er mit einander kämpfen ließ, oder Fliegen, die er in ein Spinnennetz warf, und betrachtete dann den Kampf dieser Thiere mit so viel Vergnügen, daß er bisweilen laut lachte. Er beobachtete auch die Theile der kleinsten Insecten unter dem Mikroskop und zog daraus Schlüsse, die seinen physikalischen Einsichten dienten."

6. Der Ruf nach Heidelberg.

Wie er seine Armuth behalten und nicht vertauscht hat gegen die Erbschaft des reichen Freundes, so blieb er seiner Einsamkeit treu, als ihm wenige Jahre vor seinem Tode durch einen ehrenvollen Ruf eine öffentliche philosophische Wirksamkeit angeboten wurde.

Der Kurfürst Karl Ludwig von der Pfalz, der Bruder jener geistvollen und gelehrten Fürstin, der Descartes sein Hauptwerk gewidmet hatte*), wünschte Spinoza für seine Landesuniversität Heidelberg zu gewinnen. Er ließ durch den Professor Fabricius dem Philosophen im Haag den Lehrstuhl der Philosophie in Heidelberg antragen unter Ausdrücken der größten Anerkennung.

Fabricius schrieb den 16. Februar 1673 an Spinoza: „Seine Durchlaucht der Kurfürst von der Pfalz, mein gnädigster Herr, hat mir befohlen, an Sie, der Sie zwar mir bisher nicht bekannt, aber bei Seiner Durchlaucht vorzüglich empfohlen sind, zu schreiben und anzufragen, ob Sie an seiner berühmten Universität eine ordentliche Professur der Philosophie anzunehmen geneigt wären. Sie werden die Jahresbesoldung der ordentlichen Professoren erhalten. Nirgends wo anders können Sie einen Fürsten finden, der ausgezeichneten Geistern, unter deren Zahl er Sie rechnet, günstiger gesinnt ist. Auch werden Sie die vollste Freiheit zu philosophiren haben und diese Freiheit nach dem Vertrauen des Fürsten nicht mißbrauchen zur Störung der öffentlich geltenden Religion. Ich füge nur noch hinzu: wenn Sie hierher kommen, so werden Sie sich eines ächt philosophischen Lebens erfreuen; es müßte denn Alles anders ausfallen, als wir hoffen und erwarten."

In der That kam die Sache anders; denn Spinoza lehnte den Ruf ab. Er antwortete den 30. März 1673: „Wenn ich jemals den Wunsch gehabt hätte, ein akademisches Lehramt zu übernehmen, so hätte ich kein anderes wünschen können, als welches Seine Durchlaucht der Kurfürst von der Pfalz mir durch Sie anbietet, besonders wegen der Freiheit zu philosophiren, die

*) Meine Gesch. d. neuern Philos. (Zweite Aufl.) I. Bd. 1. Theil. Erstes Buch. Cap. VIII S. 216 — 223.

mir der Fürst einzuräumen geruht, um davon zu schweigen, daß ich mir schon längst gewünscht habe, unter der Herrschaft eines Fürsten zu leben, dessen Weisheit die Welt bewundert. Da ich nun aber niemals die Neigung gehabt habe, öffentlich zu lehren, so kann ich mich nicht dazu entschließen, diese vorzügliche Gelegenheit zu ergreifen, obwohl ich die Sache lange bei mir erwogen habe. Mein erstes Bedenken ist, daß ich der Fortbildung der Philosophie entsagen muß, wenn ich meine Zeit dem Unterricht der akademischen Jugend widme. Dann ist ein zweites Bedenken, daß ich nicht weiß, in welche Grenzen jene Freiheit zu philosophiren eingeschlossen sein soll, damit man nicht meine, daß ich die öffentliche Religion stören wolle. Denn der Zwiespalt entspringt nicht aus dem feurigen Eifer für die Sache der Religion, sondern aus den mannigfachen Leidenschaften und dem zanksüchtigen Eifer der Leute, die Alles, auch das richtig Gesagte, zu verkehren und zu verdammen pflegen. Da ich alle diese Erfahrungen schon in meinem privaten und einsamen Leben gemacht habe, so würde ich sie in einer solchen öffentlichen Stellung noch viel mehr zu befürchten haben. Es ist also nicht, wie Sie sehen, die Hoffnung auf ein besseres äußeres Lebensloos, die mich zurückhält, sondern die Liebe zur Ruhe, die ich noch einigermaßen bewahren zu können glaube, wenn ich mich aller öffentlichen Lehrthätigkeit enthalte *)."

7. Furchtlosigkeit.

Eine Empfindung war ihm ganz fremd: die Todesfurcht, dieser größte Feind der menschlichen Seelenruhe. Und da ihn diese Furcht nie störte, so war er überhaupt furchtlos. Sein sittlicher Muth war so stark und unerschütterlich, daß der körperlich schwächliche und durch Krankheit aufgeriebene Mann selbst

---

*) Epist. LIII. LIV.

vor äußeren, sinnbetäubenden Gefahren nicht zurückbebte. Er gab davon eine merkwürdige Probe, die van der Spyck miterlebt und dem Colerus erzählt hat. Man sollte nicht meinen, daß Spinoza, der so still für sich lebte, allen Welthändeln entrückt, jemals einem mordgierigen Pöbelauflauf hätte ausgesetzt sein können. Aber der Pöbel ist stets derselbe, ein wüster Haufe blinder Leidenschaften.

Es war die Zeit des französisch-niederländischen Krieges, der die Gemüther in Holland aufs äußerste gegen die republikanische Partei und alle vermeintlichen Franzosenfreunde erbitterte. Der Name „Franzosenfreund" genügte, um gesteinigt zu werden. Im August des Jahres 1672 hatte der Pöbel im Haag die Brüder Witt, die Häupter der Republikaner, in Stücke gerissen. Nun traf es sich im folgenden Jahr, daß der Oberst eines französischen Regiments in Utrecht, Namens Stoupe, der sich für Spinoza's Schriften und besonders für den jüngst erschienenen theologisch-politischen Tractat interessirte, den Philosophen einlud, nach Utrecht zu kommen, um die Bekanntschaft des Prinzen Condé zu machen. Als Spinoza von dieser Reise zurückkehrte, hatte sich im Haag das Gerücht verbreitet, er sei ein französischer Spion, der in verrätherischen Absichten mit dem Feinde des Landes heimliche Unterhandlungen pflege. Schon hörte man die Terroristen sagen, man müsse ihn umbringen. Sein Hauswirth van der Spyck war in der größten Sorge, daß seinem Hause ein Pöbelsturm bevorstehe. Der Einzige, der ruhig blieb und ihn tröstete, war Spinoza. „Fürchten Sie nichts," sagte er; „sobald das kleinste Geräusch sich an der Thür Ihres Hauses bemerkbar macht, werde ich herausgehen und geradezu unter die Leute treten, wenn sie mich auch ebenso behandeln sollten, als die armen Gebrüder Witt. Ich bin ein guter Republikaner und habe stets nur den Ruhm und Vortheil des Staats im Auge gehabt."

**8. Ernst und Schwermuth. Die Verwerfung der
Heuchelei.**

Der Kern und Inhalt seines Lebens waren seine einsamen
und tiefen Meditationen. Auch darin zeigte sich dieser unabhän-
gige Geist, daß ihn die eigenen Gedanken weit mehr als fremde
beschäftigten und er daher wenig las. Wenn er in der Stille
seines Studirzimmers allein mit seinen Gedanken sein konnte,
war Spinoza ganz er selbst. Da war er glücklich und frei. Die
Einsamkeit gehörte zu seiner Natur. Oft blieb er Tage lang,
ohne jemand zu sehen, ohne auch nur sein Zimmer zu verlassen.
Seine philosophischen Arbeiten schrieb er zum größten Theil während der Nacht.

In diesem Manne war der Geist seiner Lehre völlig perso-
nificirt. Er hatte sich von den Begierden und Leidenschaften
ganz befreit, weil er sie ganz durchschaut hatte. So war er seiner selbst vollkommen mächtig, in seiner Geistesklarheit stets un-
getrübt, von keinem Affect überwältigt, nie ausgelassen weder
in der Freude noch im Schmerz. Er war, wie die Erkenntniß
selbst, ernst.

Es giebt eine Tiefe der Einsicht, mit der sich die Lebenslust
nicht mehr verträgt, weil der fröhliche Schein der Dinge diese
Einsicht nicht mehr blenden kann. „Nur der Irrthum ist das
Leben.“ Tiefe und ächte Menschenkenner, zu deren sehr geringer
Zahl Spinoza gehört — ich meine solche, die der menschlichen
Natur auf den Grund sehen — nehmen leicht einen schwer-
müthigen Zug, der nicht trauriger oder finsterer Art ist, denn
diese Gemüther sind zu klar, um trüb zu werden, aber sie können nicht anders als die gewöhnliche Welt= und Lebenslust tief
unter sich sehen als ein fremdes und verworrenes Treiben. Daher die unwiderstehliche Neigung zur Einsamkeit, die sich unwill-

kürlich mit biefer Gemüthsart verbindet und einen ihrer Grund=
züge ausmacht.

Wer die menschliche Natur in Wahrheit durchschaut, der
wird sie in ihren einfachsten und schlichtesten Formen am lieb=
sten ertragen, ihren Irrthümern und Blendungen nicht zürnen,
und nur in einem Fall wird es ihm schwer sein, sie nicht rück=
sichtslos zu verwerfen: wenn sie absichtlich täuschen will, wenn
sie, innerlich hohl, einen falschen Schein annimmt, wenn sie auf=
hört wahr zu sein und heuchelt, als ob der Menschenkenner sie
nicht durchblickte. Jede Art der Heuchelei, die so weit reicht und
so viele Formen annimmt als die Sucht zu täuschen, ist dem
Menschenkenner gegenüber geradezu unverschämt. Und gegen
diese Unverschämtheit der Lüge ist Spinoza stets unerbittlich ge=
wesen. Diesen Unwillen, der aus dem Kern seiner Wahrheits=
liebe entsprang, hat er nicht bemeistern wollen, nicht zurückhalten
können, denn dies wäre gegen seine Natur gewesen. Seine Aus=
brücke werden durchbohrend und streng, wenn ihn diese Art der
Lüge herausfordert. In dieser zurückschreckenden Form schrieb
er den Brief an Albert Burgh, als dieser sein früherer Schüler,
der in Italien zum Katholicismus bekehrt worden, sich heraus=
nahm, ihn selbst in einem Briefe, der im Tone einer ungeschickten
Strafpredigt gehalten war, bekehren zu wollen *). Und ich kann mir
denken, daß Spinoza zwanzig Jahre früher, als er es mit den
Rabbinern zu thun hatte, — einmal von diesen herausgefordert
und überzeugt, wie er war, von der inneren Unwahrheit des
theologischen und talmudistischen Judenthums — eine so entschie=
dene und zurückweisende Haltung annahm, daß den Männern
der Synagoge nichts übrig blieb als die Verwünschung.

*) Epist. LXXIII—LXXIV.

XI.
Der Tod Spinoza's.

1. Das ruhige Sterben.

Still und ruhig, wie er gelebt hat, war sein Ende, frei von allen Schrecken und aller Furcht des Todes. Die Entsagung, welche der Tod uns aufdrängt und die der menschlichen Schwäche und Lebensliebe so schwer fällt, war in ihm längst eine freiwillige und willkommene. Wenn in dieser Entsagung, in der innern Abwendung von der Lebensfucht und von den Begierden, die sich „mit klammernden Organen" an die Welt halten, die sittliche Form des Sterbens besteht, so war diese Gemüthsverfassung unserem Philosophen vollkommen gewohnt und vertraut. Sein Leben war, wie Sofrates das Sterben erklärt hat. Und er ist, wie Sofrates, so ruhig und unverändert in seiner gewohnten Haltung der letzten Stunde entgegengegangen.

Seit mehr als zwanzig Jahren war er brustkrank, und sein körperliches Aussehen trug die unverkennbaren Spuren der abzehrenden Krankheit. Aber er sprach von seinen Leiden nicht mit Anderen, er klagte nie, er wollte auch leidend kein Gegenstand fremder Hülfe sein, um niemand lästig zu werden. So ahnten selbst seine Hausgenossen nicht, wie nah ihm der Tod bevorstand. In gewohnter Weise war er Abends zu seinen Hausgenossen herabgekommen und hatte sich über die Fastenpredigt, die sie eben gehört, lange mit ihnen unterhalten. Zeitiger als sonst ging er diesen Abend zur Ruhe. Den folgenden Tag, es war Sonntag der 23. Februar 1677, stieg er früh vor der Kirche noch einmal herunter, um seine Hausfreunde zu sprechen. Inzwischen war auf einen Brief Spinoza's der ihm befreundete Arzt Ludwig Meyer

4

aus Amsterdam angekommen, der mit ärztlicher Fürsorge dem leidenden Freunde zur Hand ging und unter anderen Anordnungen, die er traf, noch die Hausleute bat, einen Hahn zu schlachten, damit Spinoza zu Mittag die Brühe genießen könne. Es geschah und er aß noch mit gutem Appetit. Als van der Spyck und seine Frau aus dem Nachmittagsgottesdienste nach Hause zurückkehrten, hörten sie, daß Spinoza gegen drei Uhr gestorben sei. Niemand war in seiner Todesstunde bei ihm als jener Arzt aus Amsterdam, der noch denselben Abend zurückreiste.

So haben die letzten Stunden Spinoza's die Leute des Hauses mehr als einmal dem Colerus erzählt. Sie haben ihn versichert, daß alle anderen Gerüchte nichts als Lügen seien.

2. Die falschen Gerüchte.

Was Menagius berichtet, daß Spinoza nach Frankreich gereist, von dem Minister Pomponne aus Religionseifer mit der Bastille bedroht worden, deshalb als Franziskaner verkleidet eiligst geflohen und nach seiner Rückkehr aus Angst vor der Bastille gestorben sei, — diese Lügen erwähne ich bloß als Lügenbeispiel. Sie sind aus der Quelle geschöpft, aus der Menagius zugleich erfahren haben will, daß Spinoza auf seinem Antlitz das Zeichen der Verwerfung getragen. Dieses Zeichen steht vielmehr auf der Lügenstirn der „Menagiana" *).

Wenn er nicht aus Furcht gestorben ist, so haben Andere das Gerücht verbreitet, er sei in Furcht und Angst gestorben, habe wiederholt zu Gott geseufzt und ausgerufen: „Gott erbarme sich meiner, er sei mir armen Sünder gnädig!" Wäre es wahr, so wäre dieser Ausdruck der Angst nur menschlich. Wer ist seiner Todesstunde sicher? Sagt doch Lessing von sich selbst, als er im Streit mit den Theologen an die letzte Gewissensangst gleichsam

*) Menagiana. Amst. 1695.

drohend erinnert wurde: „ich werde vielleicht in meiner Todesstunde zittern, aber vor meiner Todesstunde werde ich nicht zittern!" — Indessen sind jene Gerüchte nicht wahr, und Colerus
selbst, der kein Interesse hat sie zu verneinen, straft sie Lügen.
Niemand kennt die letzten Stunden Spinoza's, niemand war dabei zugegen als ein Freund, der nichts davon gesagt hat. Der
Tod Spinoza's konnte nicht schlimmer sein als seine langjährigen
Leiden. Und hier haben wir das bestimmte Zeugniß Solcher, die
Jahre lang in seiner täglichen Nähe gelebt haben: sie haben nie
einen Laut der Klage von ihm vernommen.

Ein anderes Gerücht, das Colerus ebenfalls aus allen Grün-
den widerlegt, wollte, daß sich Spinoza, als er den Tod heran-
nahen fühlte, mit Mandragorasaft betäubt habe, um sich die
letzten Augenblicke zu erleichtern. Zuletzt hieß es, daß er als
Selbstmörder gestorben sei. Eine verworrene Stelle in der Le-
bensbeschreibung von Lucas hat diesem Gerüchte vielleicht Vor-
schub geleistet. „Unser Philosoph," so lautet die Stelle, „ist nicht
bloß wegen des Ruhms seiner Tugend glücklich zu preisen, sondern auch wegen der Umstände seines Todes, dem er furchtlos
ins Antlitz geschaut hat, wie wir von denen wissen, die zugegen
waren, als ob es ihm lieb wäre, sich für seine Feinde zu opfern,
damit deren Andenken nicht mit seinem Morde befleckt würde."
Hiernach könnte es scheinen, daß sich Spinoza durch freiwilligen
Tod den Verfolgungen entzogen habe, nicht um seinetwillen, sondern um seinen Feinden ein Verbrechen zu sparen. Welche al-
berne Erfindung! Wenn man zwanzig Jahre und länger die
Schwindsucht gehabt hat, so hat man, um zu sterben, den
Selbstmord nicht nöthig. Und wenn Spinoza aus Liebe zu oder
Furcht vor seinen Verfolgern den Tod suchen wollte, so hätte er
zwanzig Jahre früher sterben müssen. Aber man sieht aus allen
diesen Gerüchten, wie unfähig die Menschen waren, sowohl seine

4 *

Feinde als seine Bewunderer, die Seelengröße Spinoza's zu ahnen. Die einen machen aus ihm einen elenden Feigling, die anderen einen verworrenen Märtyrer.

XII.
Spinoza's äußere Erscheinung.

Das Bild seiner äußeren Erscheinung hat sich Colerus von einer Menge Personen im Haag beschreiben lassen, die ihn gesehen und gekannt haben. „Er war von mittlerem Wuchs, seine Gesichtszüge waren regelmäßig und wohlgeformt, die Hautfarbe etwas dunkel, die Haare lockig und schwarz, die schwarzen Augenbrauen lang; man erkannte in ihm auf der Stelle den portugiesischen Juden." Auch Leibnitz, der Spinoza ein Jahr vor dessen Tode im Haag besuchte, beschreibt sein Aussehen ähnlich: „der berühmte Jude Spinoza hatte eine olivenartige Hautfarbe und etwas Spanisches in seinem Gesichte."

Die anhaltende und verzehrende Krankheit hat die Spur des Leidens in seinem Antlitze ausgeprägt, aber am meisten ausgebildet ist die Gewohnheit des Denkens, die sich in der edlen Stirn und dem ernsten Blicke verkündet.

„Er trägt das Zeichen der Verwerfung auf der Stirn!" So hat blinder Haß diesen Ausdruck gedeutet.

„Es ist der düstre Zug eines tiefen Denkers," sagt ein deutscher Philosoph, der sich besser versteht auf die Signatur eines Spinoza. Allerdings ein Zeichen der Verwerfung, aber nicht der passiven, sondern der activen! Es ist der Philosoph, welcher verwirft die Irrthümer, die gedankenlosen Leidenschaften und vor Allem die Lüge der Menschen!